HIROSHIMA MEU AMOR

MARGUERITE DURAS

Tradução
Adriana Lisboa

HIROSHIMA
MEU AMOR

MARGUERITE DURAS

SUMÁRIO.

07 PREFÁCIO
Hiroshima meu amor, um filme escrito em papel
por Gabriel Laverdière

17 SINOPSE

29 PREÂMBULO

35 PARTE I

59 PARTE II

79 PARTE III

101 PARTE IV

127 PARTE V

147 APÊNDICES

184 FICHA TÉCNICA

●

188 SOBRE A AUTORA

190 SOBRE A COLEÇÃO MARGUERITE DURAS

PREFÁCIO.

HIROSHIMA MEU AMOR, UM FILME ESCRITO EM PAPEL •

Gabriel Laverdière[1]

---

[1] Professor de cinema da Université Laval (Canadá). Publica artigos sobre o cinema de Marguerite Duras, intermidialidade, cinema polonês, cultura digital, semiótica e ética da comunicação fílmica, como também figuras do gênero no cinema.

Em 1959, no lançamento do filme *Hiroshima meu amor* no Festival de Cannes, o presidente do júri assim descreveu o filme: "É uma droga!" (o filme foi apresentado fora de competição). Por sua vez, o célebre cineasta francês Claude Chabrol declarou ser o "filme mais bonito" que tinha visto "em quinhentos anos". Estas reações contrárias e enfáticas (o cinema nem sequer tinha cem anos) refletem a recepção geral deste filme dirigido por Alain Resnais e roteirizado por Marguerite Duras, que suscitou tanto um profundo desprezo como uma admiração sem limites. Alguns viram algo desastroso e pretensioso na trama sentimental com o pano de fundo de uma guerra nuclear. Mas foi sobretudo o estilo de direção, a estrutura da história e a escrita dos diálogos que, devido ao seu caráter inabitual, provocaram as reações mais hostis – e suscitaram um vivo entusiasmo. O encontro entre Resnais e Duras, dois autores não convencionais, não poderia ter resultado em um filme qualquer. Uma vez que foi concebido em conjunto, o texto de Duras é testemunho desse encontro e da originalidade do projeto cinematográfico que ele suscitou. O filme, considerado escandaloso na época, ajudou a lançar um importante movimento cinematográfico, a Nouvelle Vague francesa, e teria marcado eternamente as mentes dos cinéfilos.

Em 1958, o iniciador do projeto, Anatole Dauman (produtor da empresa Argos Films), sugeriu a Alain Resnais que fizesse um documentário sobre Hiroshima e o perigo nuclear. Resnais tinha acabado de fazer o filme *Noite e neblina*. De início, o cineasta Chris Marker era o responsável pelo roteiro, depois foi Yefime Zarjevski. No entanto, o projeto documental não se concretizou. O caminho da ficção estava então aberto: o produto final misturaria documentário e ficção. Resnais queria uma mulher roteirista. Françoise Sagan e Simone de Beauvoir foram então consideradas, mas foi Marguerite Duras quem Resnais finalmente convidou para empreender o projeto com ele – gostava particularmente das suas obras, incluindo *Moderato cantabile*, publicado no mesmo ano.

A reflexão de Duras e Resnais deparou-se, no começo, com a dificuldade em abordar o delicado tema do bombardeio e suas consequências. Dada a desmesura da destruição do Japão em 1945, o assunto parecia impossível.

Resnais sugeriu então tratar o perigo nuclear não como um elemento em primeiro plano, mas, nas suas palavras, "como uma espécie de paisagem", e propor uma história de amor. Duras disse mais tarde: "[Resnais] explicou-me longamente que nada em *Hiroshima* foi 'dado'. Que uma determinada auréola tinha de rodear cada gesto, cada palavra, com um significado suplementar ao seu sentido literal. Por isso tentamos reavivar *Hiroshima* como uma história de amor". Em outras palavras, a destruição da cidade permitiu uma certa criação. O sentido emergiria não apenas dos fatos históricos ficcionalizados, mas por um caminho paralelo, o de uma história sentimental. Envolveria o entrelaçamento de diversas temporalidades, de diversos momentos de ficção e História: o passado da francesa e do japonês; o passado da guerra na Europa, o da guerra no Japão; o presente do encontro dos amantes provisórios, impregnados do passado dessa cidade renascida, um "lugar a tal ponto destinado à morte", como escreveu Duras. Resnais descreverá a Duras a abordagem narrativa usando uma metáfora: "dois pentes cruzados". A ficção se apresentará então como essa interseção entre uma narrativa privada – o amor da mulher, o luto do homem – e uma narrativa pública – o bombardeio de Hiroshima e Nagasaki. O objetivo? Expressar o trauma sofrido pelo povo de

Hiroshima por meio da ficção e através de personagens que experimentaram as consequências da guerra de formas diferentes.

Enquanto acompanhava Duras, Resnais deu rédea solta à criatividade da escritora. Encorajou-a a esquecer as regras cinematográficas, a afastar-se do roteiro típico (que normalmente contém diálogos e cenas destinadas à decupagem e à filmagem). "Faça literatura. Esqueça a câmera", disse-lhe. O seu desejo era que ela escrevesse mesmo aquilo que normalmente não está em nenhum roteiro: a história abrangente de acontecimentos e personagens que o filme não explicará, aquilo que Duras chamou a sua "continuidade subterrânea". Ela disse: "[Resnais] precisava saber tudo, tanto a história que ele ia contar como a história que não ia contar. Esta amplificação literária da história deveria servir de sustento à ficção fílmica".

Outro aspecto literário do filme e do roteiro é o ritmo inabitual do discurso e da escrita de Duras. O realizador pediu à escritora para gravar, na sua própria voz, os diálogos do roteiro para que os atores pudessem reproduzir o seu singular e incansável fluxo. Resnais disse que queria "que as palavras tivessem o tom de uma leitura". Certas réplicas se tornariam emblemáticas do filme e da sua mensagem plenamente ambígua: "Você não viu nada em Hiroshima. Nada", diz o homem; "Eu vi tudo. Tudo", insiste a mulher. Ou ainda: "Você me mata. Você me faz bem". Na página, o texto é por vezes apresentado em frases muito curtas, em várias linhas sucessivas, como um poema. Esta utilização da superfície de escrita, assim como de certas repetições (nada, tudo), sugere uma leitura que acentua o ritmo percussivo das palavras, que nos convida a ouvir a palavra, uma palavra escandida, uma espécie de melopeia. Os múltiplos travessões também fazem manifestar o espaço vazio da página, que circunda as palavras com silêncios. Em contraste, estes silêncios espaciais parecem encorajar o leitor a prestar mais atenção às palavras e ao sentido. Talvez fosse nisto que a própria Duras estava a pensar quando escreveu: "Creio que os meus diálogos são silenciosos, ou seja, são feitos no silêncio que os rodeia. Eles caem no silêncio".

O aspecto literário do filme, que foi notado por muitos críticos, não foi uma coincidência. Era o objetivo buscado por ambos os autores. Duras afirmará: "Para mim, *Hiroshima* é um romance escrito em filme". Por sua vez, Resnais dirá: "Quando você lê um romance, você tem a impressão [...] de que o romancista lhe dá grande liberdade [...]. Eu gostaria de ter feito um filme no qual o espectador também se sentisse livre [...] e tentasse preencher o filme com sua imaginação. [...] *Hiroshima* é um tipo de filme que não se agarra a nada. Se o espectador não trouxe algo próprio, é certo que está muito vazio". Em comparação à produção da época (o cinema da "Qualidade Francesa"), o filme de Resnais e Duras exigia do espectador um trabalho de atenção e interpretação fora de série. Se o espectador não fizesse isso, correria o risco de não encontrar muito sentido no filme, o que talvez explique algumas das reações hostis que ele provocou.

Em 6 de agosto de 1945, a bomba chamada "Little Boy" foi lançada sobre Hiroshima. Em 60 segundos, mais de 70.000 pessoas foram mortas, e outras tantas nos meses seguintes, devido à exposição ao calor e à radiação. Em 9 de agosto, o segundo atentado à bomba, em Nagasaki, causou uma destruição comparável. As sequelas horríveis para os sobreviventes foram documentadas. Em 1958, portanto, este trágico evento, de violência sem precedentes, já fazia parte da história. Assim como os desastres privados, os grandes choques coletivos estão sujeitos ao esquecimento. "A memória, reduzida a recordar, opera [...] na esteira da imaginação", escreveu o filósofo Paul Ricoeur em seu livro *A memória, a história, o esquecimento*. O passado só retorna através da imagem oferecida pela memória. Sendo uma redução de eventos reais do passado, a recordação na mente apela à imaginação, a uma espécie de ficção. No caso de *Hiroshima meu amor*, a história sentimental serve como uma revelação da história humana do desastre atômico japonês. A tragédia deste evento vivido coletivamente, bem como o drama pessoal dos personagens, são prolongados, por assim dizer, pelo esquecimento a que estão sujeitos. A memória só retorna às vezes, nos dizem o texto de Duras e o filme de Resnais, ao acaso de certos encontros ou circunstâncias, e não sem que surjam sentimentos potentes que a vida cotidiana tende a reprimir.

Da mesma forma que os traços da destruição de Hiroshima só podem nos dar uma visão e compreensão indiretas do evento, as memórias privadas dos dois personagens permanecem em seu espírito apenas como o espectro do que eles experimentaram muitos anos antes. Ambos estão distantes desse passado esquecido e assombrado pelos traços neles deixados. *Hiroshima meu amor* propõe uma exploração fictícia dessas ambiguidades ou paradoxos. A necessidade de reconhecer e registrar os fatos do passado, tarefa à que se dedica a história, é agravada por uma incapacidade humana de compreender plenamente o que aconteceu. A obra não oferece a chave do enigma, deixa ao espectador, ao leitor, a responsabilidade de resolver o paradoxo ou a escolha de suportar o equívoco, que talvez também seja deles.

Em seu texto, a própria Marguerite Duras torna possível ver. Na ausência do filme, o texto não apenas diz, mas também mostra. A título de roteiro, ele se apresenta tanto como uma obra literária quanto como uma obra cinematográfica. Duras mistura gêneros aqui: *Hiroshima meu amor* na tela foi um "romance escrito em película"; aqui é um *filme escrito em papel*, a manifestação de uma literatura cinematográfica. O leitor torna-se uma espécie de espectador ao ler o texto, a quem o escritor convida para uma representação quase romanesca da narrativa destinada à tela. A ficção é justamente rodeada pelas partes do trabalho que o filme excluiu. Por todas estas razões, o roteiro não é uma versão menor do trabalho; ele é também a obra. É o filme que Duras não fez, ou que ela terá feito, para nós leitores, na página.

Tradução de Luciene Guimarães

SINOPSE.

Estamos no verão de 1957, em agosto, em Hiroshima. Uma mulher francesa de seus trinta anos está nesta cidade. Veio até aqui trabalhar num filme sobre a Paz.

A história começa na véspera do regresso à França dessa francesa. O filme no qual ela atua na verdade terminou. Só resta uma cena a ser filmada.

É na véspera do regresso à França que essa francesa, jamais nomeada no filme – essa mulher anônima –, encontrará um japonês (engenheiro ou arquiteto) e eles viverão juntos uma história de amor muito breve.

As condições do seu encontro não serão esclarecidas no filme. Pois não é o que interessa. Encontros acontecem em toda parte do mundo. O que importa é o que se segue a esses encontros cotidianos.

Esse casal formado pelo acaso, não o vemos no início do filme. Nem ela. Nem ele. Vemos, em seu lugar, corpos mutilados – na altura da cabeça e dos quadris – contorcendo-se – atormentados seja pelo amor, seja pela agonia – e cobertos sucessivamente de cinzas, de orvalho, da morte atômica – e do suor do amor consumado.

É só pouco a pouco que desses corpos amorfos, anônimos, sairão os corpos dos dois.

Estão deitados num quarto de hotel. Estão nus. Corpos lisos. Intactos.

De que falam? Justamente de HIROSHIMA.

Ela lhe diz que viu tudo em HIROSHIMA. Vemos o que ela viu. É horrível. Contudo, a voz dele, negadora, vai considerar as imagens mentiras, e ele repetirá, impessoal, insuportável, que ela não viu nada em HIROSHIMA.

Sua primeira troca de palavras será, portanto, alegórica. *Será, em suma, um diálogo de ópera.* Impossível falar de HIROSHIMA. Tudo o que se pode fazer é falar da impossibilidade de falar de HIROSHIMA. O *conhecimento de Hiroshima* sendo a priori colocado como um engodo exemplar do espírito.

Esse início, esse desfile oficial dos horrores já afamados de HIROSHIMA, evocado numa cama de hotel, essa evocação *sacrílega*, isso é voluntário. É possível falar de HIROSHIMA em toda parte, mesmo numa cama de hotel, durante amores ocasionais, amores adúlteros. Os dois corpos dos heróis, realmente arrebatados, vão nos recordar isso. O que é verdadeiramente sacrílego,

se é que se trata de sacrilégio, é a própria cidade de
HIROSHIMA. Não vale a pena ser hipócrita e deslocar
a questão.

Mesmo que tenhamos mostrado pouco do *Monumento Hiroshima*, esses miseráveis vestígios de um *Monumento de Vazio*, o espectador deveria sair dessa evocação expurgado de muitos dos preconceitos e pronto a aceitar tudo o que lhe vai ser dito sobre os nossos dois heróis.

Ei-los aqui, justamente, devolvidos à sua própria história.

História banal, história que ocorre todos os dias, milhares de vezes. O japonês é casado, tem filhos. A francesa também, e tem, do mesmo modo, dois filhos. Eles vivem uma aventura de uma noite.

Mas onde? Em HIROSHIMA.

Esse encontro amoroso, tão banal, tão cotidiano, tem lugar na cidade do mundo onde é mais difícil imaginá-lo: HIROSHIMA. Nada é "dado" em HIROSHIMA. Ali, um halo particular aureola cada gesto, cada palavra, com um sentido suplementar ao seu sentido literal. E é esse um dos propósitos principais do filme, acabar com a descrição do horror pelo horror, pois isso foi feito pelos próprios japoneses, e fazer renascer esse horror das cinzas ao inscrevê-lo num amor que será necessariamente particular e "deslumbrante". E no qual vamos acreditar ainda mais do que se ele acontecesse em qualquer outro lugar do mundo, um lugar que a morte não *preservou*.

Entre dois seres tão distantes geograficamente, filosoficamente, historicamente, economicamente, racionalmente etc. quanto é possível ser, HIROSHIMA será o terreno comum (o único no mundo, talvez?) onde os dados universais do erotismo, do amor e da infelicidade aparecerão sob uma luz implacável. Em qualquer outro lugar exceto HIROSHIMA, o artifício é admissível. Em HIROSHIMA, ele não pode existir, sob pena de ser, uma vez mais, negado.

Ao adormecer, eles falarão uma vez mais de HIROSHIMA. De um modo diferente. No desejo e, talvez sem se dar conta, no amor que nasce.

Suas conversas levarão ao mesmo tempo a eles e a HIROSHIMA. E seus diálogos serão misturados, mesclados de tal maneira, a partir daí, *após a ópera de* HIROSHIMA – que serão indiscerníveis uns dos outros.

Sua história pessoal, por mais curta que seja, levará sempre a HIROSHIMA.

Se essa condição não fosse respeitada, esse filme, mais uma vez, não passaria de outro filme de encomenda, sem qualquer interesse exceto o de um documentário romanceado. Se essa condição for respeitada, chegaremos a uma espécie de falso documentário que será bem mais convincente sobre a lição de HIROSHIMA do que um documentário encomendado.

Eles vão acordar. E vão voltar a falar, enquanto ela se veste. Disso e daquilo e também de HIROSHIMA. Por que não? É natural. Estamos em HIROSHIMA.

E ela aparece, de repente, completamente vestida de enfermeira da Cruz Vermelha.

Nessa roupa, que é, em suma, um uniforme da virtude oficial, ele voltará a desejá-la. Vai querer revê-la. Ele é como todo mundo, como todos os homens, *exatamente*, e há nesse disfarce um fator erótico que é comum a todos os homens. (Eterna enfermeira de uma guerra eterna...).

Por que, já que também o deseja, ela não quer revê-lo? Não dá razões claras.

Ao despertar, eles falarão também do passado dela.

O que se passou em NEVERS, em sua cidade natal, nessa Nièvre onde foi criada? O que se passou em sua vida para que ela seja assim, tão livre e perseguida ao mesmo tempo, tão honesta e desonesta ao mesmo tempo, tão ambígua e tão clara? Tão desejosa de viver amores ocasionais? Tão negligente diante do amor?

Um dia, ela diz, um dia em NEVERS, ela estava louca. Louca de maldade. Diz isso como diria que uma vez em NEVERS teve um entendimento decisivo. Do mesmo modo.

Se esse "incidente" de NEVERS explica sua conduta atual em HIROSHIMA, ela nada diz sobre isso. Conta o incidente como outra coisa qualquer. Sem dizer a causa.

Ela se vai. Decidiu não mais revê-lo.

Mas eles vão se rever.

Quatro horas da tarde. Praça da Paz em HIROSHIMA (ou diante do hospital).

Os cameramen se afastam (sempre que os vemos, no filme, eles estão se afastando com seu material). Desmontam-se as tribunas. Desatam-se as bandeirinhas.

A francesa dorme à sombra (talvez) de uma tribuna que está sendo desmontada.

Acabam de rodar um filme edificante sobre a Paz. Não um filme ridículo, mas um filme A MAIS, é tudo.

Um homem japonês passa pela multidão que ladeia uma vez mais o cenário do filme que acabam de concluir. Esse homem é o que vimos pela manhã no quarto. Ele vê a francesa, para, vai em sua direção, observa-a dormir. O olhar dele a desperta. Eles se olham. Desejam-se muito. Ele não está ali por acaso. Veio para revê-la.

O desfile terá lugar quase que imediatamente após seu encontro. É a última sequência do filme que rodam ali. Desfile de crianças, desfile de estudantes. Cachorros. Gatos. Espectadores. HIROSHIMA inteira está ali, como está sempre quando se trata de servir à Paz no mundo. Desfile já *barroco*.

O calor será intenso. O céu será ameaçador. Eles aguardarão que passe o desfile. É durante o desfile que ele lhe dirá que acredita amá-la. Vai levá-la à sua casa. Falarão muito brevemente de suas existências respectivas.

São pessoas em casamentos felizes e que não buscam juntas qualquer contrapartida a um infortúnio conjugal.

É na casa dele, e durante o amor, que ela vai começar a lhe falar de NEVERS.

Ela vai fugir mais uma vez da casa dele. Irão até um café, diante do rio, para "passar o tempo antes da sua partida". Já é noite.

Ficarão ali por mais algumas horas. Seu amor aumentará em proporção inversa ao tempo que lhes resta antes da partida do avião na manhã seguinte.

É nesse café que ela lhe dirá por que enlouqueceu em NEVERS.

Ficou numa cave, a cabeça tosada, em 1944, aos 20 anos. Seu primeiro amante era um alemão. Morto com a Liberação.

Ela ficou numa cave, de cabeça tosada, em NEVERS. Foi somente quando HIROSHIMA aconteceu que ela esteve decente o bastante para sair dessa cave e se misturar à multidão nas ruas.

Por que ter escolhido esse infortúnio pessoal? Sem dúvida porque ele próprio também é um absoluto. Tosar a cabeça de um moça porque ela amou apaixonadamente um inimigo oficial do seu país é um absoluto de horror e de estupidez.

Veremos NEVERS como já a havíamos visto no quarto. E eles falarão mais uma vez de si mesmos. Imbricação, uma vez mais, de NEVERS e do amor, de HIROSHIMA e do amor. Tudo vai se misturar sem princípio preconcebido e da forma como essa mistura deve se fazer a cada dia, em toda parte, onde se encontram os casais tagarelas do primeiro amor.

Ela partirá mais uma vez dali. Fugirá dele de novo.

Tentará voltar ao hotel, não conseguirá, saíra do hotel e regressará ao café que, então, estará fechado. E ficará ali. Vai se lembrar de NEVERS (monólogo interior), portanto, do próprio amor.

O homem a seguiu. Ela se dá conta. Olha para ele. Eles se olham, com um amor profundo. Amor sem função, degolado como aquele de NEVERS. Portanto, já relegado ao esquecimento. Portanto, perpétuo. (Salvaguardado pelo próprio esquecimento).

Ela não vai se juntar a ele.

Vai perambular pela cidade. *E ele vai segui-la como seguiria uma desconhecida.* Em dado momento, vai abordá-la e pedir que fique em HIROSHIMA, como que num *aparte*. Ela dirá que não. Recusa do mundo inteiro. Covardia comum.[1]

As cartas estão dadas, verdadeiramente, para eles.

Ele não vai insistir.

Ela vai perambular até a estação de trem. Ele vai se juntar a ela. Vão se olhar como se fossem sombras.

Não há mais uma palavra a dizer a partir daí. A iminência da partida os deixa pregados num silêncio fúnebre.

Trata-se de amor, sim. Eles não podem fazer outra coisa que não se calar. Uma cena extrema terá lugar no café. Vamos encontrá-la ali em companhia de um outro japonês.

E a uma mesa encontraremos aquele que ela ama, completamente imóvel, sem qualquer reação além de um desespero livremente consentido, mas que o ultrapassa *fisicamente*. É como se ela já fosse "de outros". E só o que ele pode fazer é compreender.

Ao raiar do dia, ela voltará ao seu quarto. Ele baterá à porta alguns minutos depois. Não poderá evitá-lo.

"Impossível não vir", ele vai se desculpar. E no quarto *nada* acontecerá. Eles estarão reduzidos, um e outro, a uma aterrorizante impotência mútua. O quarto, "*a*

---

[1] Certos espectadores do filme acreditaram que ela "acabava" ficando em Hiroshima. É possível. Não tenho uma opinião sobre isso. Após levá-la ao limite de sua recusa em ficar em Hiroshima, não nos preocupa saber se – terminado o filme – ela chegava a transgredir sua recusa.

ordem do mundo", permanecerá ao redor deles, que não vão voltar a perturbá-lo.

Não há mais confissões trocadas. Nem mais um gesto. Eles simplesmente vão voltar a chamar um ao outro. O quê? NEVERS, HIROSHIMA. Ainda não são, na verdade, ninguém, aos seus olhos respectivos. Têm esses nomes de lugares, nomes que não são nomes. É como se o desastre de uma mulher de cabeça tosada em NEVERS e o desastre de HIROSHIMA se correspondessem exatamente.

Ela lhe dirá: "Hiroshima é o seu nome".

PREÂMBULO.

Tentei relatar o mais fielmente possível o trabalho que fiz para A. Resnais em *Hiroshima meu amor*.

Que não se estranhe, contudo, que a imagem de A. Resnais não seja praticamente nunca *descrita* neste trabalho.

Meu papel se limita a relatar os elementos *a partir dos quais* Resnais fez seu filme.

As passagens sobre Nevers que não faziam parte do roteiro inicial (julho de 58) foram *comentadas* antes da filmagem na França (dezembro de 58). São, portanto, objeto de um trabalho separado do script (ver Apêndice: As evidências noturnas).

Acreditei que seria boa ideia conservar certo número de coisas abandonadas pelo filme na medida em que esclareceriam de forma útil o projeto inicial.

Deixo este trabalho à edição, na angústia de não poder completá-lo através do relato das conversas quase cotidianas que tínhamos, A. Resnais e eu, de um lado, G.

Jarlot e eu, de outro, A. Resnais, G. Jarlot e eu, ainda de outro lado. Jamais pude dispensar seus conselhos, jamais abordei um episódio do meu trabalho sem submeter a eles o que o precedia, escutar suas críticas, ao mesmo tempo exigentes, lúcidas e fecundas.

Marguerite Duras

PARTE I •

[*O filme se abre sobre o crescimento do famoso "cogumelo" do Atol de Bikini.*

Seria preciso que o espectador tivesse o sentimento de rever e ao mesmo tempo ver esse "cogumelo" pela primeira vez.

Seria preciso que ele fosse muito ampliado, muito ralentado e que seu crescimento fosse acompanhado pelos primeiros compassos de G. Fusco.

À medida que esse "cogumelo" cresce na tela, abaixo dele][1] *apareceriam, pouco a pouco, dois ombros nus.*

Só o que vemos são esses dois ombros, separados do corpo na altura da cabeça e dos quadris.

Esses dois ombros se abraçam e estão como que encharcados de cinzas, de chuva, de orvalho ou de suor, como se desejar.

O principal é termos a sensação de que esse orvalho ou essa transpiração foi ali depositada [pelo

---

1_ O que está entre colchetes foi abandonado.

"cogumelo" de Bikini], à medida que se distancia, à medida que evapora.

Deveria resultar daí um sentimento muito violento, muito contraditório, de frescor e de desejo.

Os dois ombros abraçados são de cores diferentes, um é escuro e o outro é claro.

A música de Fusco acompanha esse abraço quase chocante.

A diferenciação das duas mãos respectivas deveria ser bastante marcada.

A música de Fusco se distancia. A mão de uma mulher, [muito ampliada], está pousada sobre o ombro amarelo, pousada é um modo de falar, agarrada a ele seria mais conveniente.

Uma voz de homem, toldada e calma, recitativa, anuncia:

ELE
Você não viu *nada* em Hiroshima. Nada.

Usar isso à vontade.
Uma voz de mulher, muito velada, igualmente toldada, uma voz de leitura recitativa, sem pontuação, responde:

ELA

Eu vi *tudo. Tudo.*

A música de Fusco é retomada só pelo tempo em que a mão da mulher aperta mais uma vez o ombro, larga-o, acaricia-o, e ficam sobre esse ombro amarelo as marcas das unhas da mão branca.
Como se o arranhão pudesse fazer crer que era uma sanção do: "Não, você não viu nada em Hiroshima."
Então a voz da mulher prossegue, calma, igualmente recitativa e terna:

ELA

Também vi o hospital. Tenho certeza. O hospital existe em Hiroshima. Como eu teria podido evitar vê-lo?

O hospital, corredores, escadas, doentes no desprezo supremo da câmera.[2] *(Nunca a vemos no ato de ver).*
Regressamos à mão, agora apertando sem largar o ombro de cor amarela.

ELE

Você não viu o hospital de Hiroshima. Você não viu nada em Hiroshima.

2_ A partir do texto original, muito esquemático, Resnais acrescentou um grande número de documentos do Japão. Por conta disso, o texto inicial foi não somente ultrapassado, mas modificado e consideravelmente aumentado durante a montagem do filme.

Em seguida, a voz da mulher se faz bem mais impessoal. Destacando (de forma abstrata) cada palavra.
Eis o museu a desfilar.[3] Assim como sobre o hospital, luz cegadora, feia.
Painéis documentários.
Provas incriminatórias do bombardeio.
Maquetes.
Ferros destruídos.
Peles, cabeleiras queimadas, de cera.
Etc.

ELA

Quatro vezes no museu...

ELE

Que museu em Hiroshima?

ELA

Quatro vezes no museu de Hiroshima. Vi as pessoas passeando. As pessoas passeiam, pensativas, através das fotografias, das reconstituições, por falta de coisa melhor, através das fotografias, das fotografias, das reconstituições, por falta de coisa melhor, das explicações, por falta de coisa melhor.

3_ Regressa-se regularmente aos corpos reunidos.

Quatro vezes no Museu de Hiroshima.

Observei as pessoas. Observei eu mesma, pensativa, o ferro. O ferro queimado. O ferro quebrado, o ferro tornado vulnerável como a carne. Tampas de garrafa em forma de buquê: quem teria pensado? Peles humanas flutuantes, sobreviventes, ainda no frescor dos seus sofrimentos. Pedras. Pedras queimadas. Pedras explodidas. Cabeleiras anônimas que as mulheres de Hiroshima encontravam inteiras caídas pela manhã, ao acordar.

Senti calor na praça da Paz. Dez mil graus na praça da Paz. Sei disso. A temperatura do sol na praça da Paz. Como ignorá-lo?... O mato, é tão simples...

ELE

Você não viu nada em Hiroshima, nada.

O museu continua desfilando.
Depois, a partir da foto de um crânio queimado, descobrimos a praça da Paz (que continua esse crânio).
Vitrines do museu com os manequins queimados.
Sequências de filmes japoneses (de reconstituição) sobre Hiroshima.
O homem desgrenhado.
Uma mulher sai do caos etc.

ELA

As reconstituições foram feitas com o máximo de seriedade possível. Os filmes foram feitos com o máximo de seriedade possível.

A ilusão, isso é simples, ela é tão perfeita que os turistas choram.

É sempre possível debochar, mas o que mais pode fazer um turista além de, justamente, chorar?

ELA

[... além de, justamente, chorar, a fim de suportar esse espetáculo abominável entre todos. E de sair dali suficientemente entristecido para não perder a razão.]

ELA

[As pessoas permanecem ali, pensativas. E sem ironia alguma, deveríamos poder dizer que as ocasiões que deixam as pessoas pensativas são sempre excelentes. E que os monumentos, para os quais às vezes sorrimos, são contudo os melhores pretextos para essas ocasiões...]

ELA

[Para essas ocasiões... para pensar. Normalmente, é verdade, quando a ocasião para pensar nos é oferecida... com esse luxo... não pensamos nada. Isso não impede que o espetáculo dos outros que supomos estarem pensando seja encorajador.]

ELA
Eu sempre chorei pelo destino de Hiroshima. Sempre.

Panorâmica de uma foto de Hiroshima tirada depois da bomba, um "deserto novo", sem referência aos outros desertos do mundo.

ELE
Não.
Por *que coisa* você teria chorado?

A praça da Paz desfila, vazia, sob um sol ofuscante que recorda aquele da bomba, cegador. E nesse vazio, mais uma vez, a voz do homem:
Erramos sobre a praça vazia (às 13 horas?).
Os noticiários gravados após o dia 6 de agosto de 45.
Formigas, verdes, saem da terra.
A alternância dos ombros continua. A voz feminina retoma, enlouquecida, ao mesmo tempo que as imagens desfilam, enlouquecidas elas também.

ELA

Eu vi o noticiário.

No segundo dia, diz a História, eu não inventei isso, desde o segundo dia, espécies animais precisas ressurgiram das profundezas da terra e das cinzas.

Cachorros foram fotografados.

Para sempre.

Eu os vi.

Vi as notícias.

Eu *as vi*.

Do primeiro dia.

Do segundo dia.

Do terceiro dia.

ELE, *interrompendo-a*.

Você não viu nada. Nada.

Cachorro amputado.
Pessoas, crianças.
Ferimentos.
Crianças queimadas gritando.

ELA

... do décimo quinto dia também.

Hiroshima se recobriu de flores. Por toda parte só o que havia eram centáureas e gladíolos, e glórias-da-manhã e ipomeias que renasciam das cinzas com um vigor extraordinário, desconhecido até então entre as flores.[4]

ELA

Eu não inventei *nada*.

ELE

Você inventou *tudo*.

ELA

Nada.
Do mesmo modo como no amor essa ilusão existe, essa ilusão de ser possível jamais esquecer, do mesmo modo tive diante de Hiroshima a ilusão de que jamais a esqueceria.
Do mesmo modo como no amor.

Pinças cirúrgicas se aproximam de um olho para extraí-lo.
O noticiário continua.

4_ Essa frase é quase que literalmente uma frase de Hershey em sua admirável reportagem sobre Hiroshima. Só o que fiz foi relacioná-la às crianças mártires.

ELA

Vi também os sobreviventes que estavam nos ventres das mulheres de Hiroshima.

Uma bela criança se volta a nós. Vemos então que é caolha.
Uma menina queimada se olha num espelho.
Uma outra menina cega com mãos retorcidas toca cítara.
Uma mulher reza junto a seus filhos que morrem.
Um homem morre por não mais dormir há anos.
(Uma vez por semana lhe trazem seus filhos).

ELA

Vi a paciência, a inocência, a doçura aparente com as quais os sobreviventes provisórios de Hiroshima se acomodavam num destino tão injusto que a imaginação, em geral tão fecunda, diante deles se fecha.

Regressa-se sempre ao abraço tão perfeito dos corpos.

ELA, *baixo.*

Ouça...
Eu sei...
Eu sei *tudo.*
Isso continuou.

ELE

Você não sabe *nada*.

Nuvem atômica.
O Atomium que gira.
Pessoas nas ruas caminham sob a chuva.
Pescadores contaminados pela radioatividade.
Um peixe não comestível.
Milhares de peixes não comestíveis enterrados.

ELA

As mulheres correm o risco de dar à luz crianças defeituosas, monstros, mas tudo continua.

Os homens correm o risco de serem acometidos pela esterilidade, mas tudo continua.

A chuva dá medo.

Chuvas de cinzas sobre as águas do Pacífico.

As águas do Pacífico matam.

Os pescadores do Pacífico estão mortos.

O alimento dá medo.

Joga-se fora o alimento de toda uma cidade.

Joga-se fora o alimento de cidades inteiras.

Uma cidade inteira se enfurece.

Cidades inteiras se enfurecem.

Noticiário: manifestações.

ELA

Contra quem, a fúria de cidades inteiras?

A fúria de cidades inteiras, quer elas queiram quer não, contra a desigualdade criada em princípio por certos povos contra outros povos, contra a desigualdade criada em princípio por certas raças contra outras raças, contra a desigualdade criada em princípio por certas classes contra outras classes.

Cortejos de manifestantes.
Discursos "mudos" nos alto-falantes.

ELA, *baixo*

Ouça-me...
Assim como você, eu conheço o esquecimento.

ELE

Não, você não conhece o esquecimento.

ELA

Assim como você, sou dotada de memória. Conheço o esquecimento.

ELE

Não, você não é dotada de memória.

ELA

Assim como você, também tentei lutar com todas as minhas forças contra o esquecimento. Assim como você, esqueci. Assim como você, desejei ter uma memória inconsolável, uma memória de sombras e de pedra.

A sombra "fotografada" sobre a pedra de um desaparecido de Hiroshima.

ELA

Lutei por mim mesma, com todas as minhas forças, todos os dias, contra o horror de não compreender mais em absoluto por que lembrar. Assim como você, eu esqueci...

Lojas onde, às centenas de exemplares, encontra-se o modelo reduzido do Palácio da Indústria, único monumento cuja estrutura retorcida ficou de pé depois da bomba – e que foi conservado desse modo desde então.
Loja abandonada.
Ônibus de turistas japoneses.

Turistas, praça da Paz.
Gato atravessando a praça da Paz.

ELA
Por que negar a necessidade evidente da memória?...

Frase pronunciada sobre os planos do esqueleto do Palácio da Indústria.

ELA
... Ouça-me. Sei mais coisas. Vai recomeçar.
Duzentos mil mortos.
Oitenta mil feridos.
Em nove segundos. Esses números são oficiais. Vai recomeçar.

Árvores.
Igreja.
Carrossel.
Hiroshima reconstruída. Banalidade.

ELA
Fará dez mil graus sobre a terra. Dez mil sóis, dirão.
O asfalto queimará.

Igreja.
Anúncio publicitário japonês.

ELA

Uma desordem profunda reinará. Uma cidade inteira será levantada da terra e voltará a cair, em cinzas...

Areia. Um maço de cigarros "Peace". Uma planta suculenta espalhada como uma aranha sobre a areia.

ELA

Novas vegetações surgem das areias...

Quatro estudantes "mortos" conversam na beira do rio.
O rio.
As marés.
Os embarcadouros cotidianos de Hiroshima reconstruída.

ELA

...Quatro estudantes aguardam juntos uma morte fraterna e legendária.

Os sete braços do delta do rio Ota se esvaziam e enchem à hora habitual, muito precisamente às horas habituais de uma água fresca e cheia de peixes, cinzenta ou azul de acordo com a hora e as estações. As pessoas não olham mais ao longo das margens lamacentas a lenta subida da maré nos sete braços do delta do rio Ota.

>*O tom recitativo cessa.*
>*As ruas de Hiroshima, mais ruas. Pontes.*
>*Passagens cobertas.*
>*Ruas.*
>*Subúrbio. Trilhos.*
>*Subúrbio.*
>*Subúrbio universal.*

ELA

Eu te encontro.

Lembro-me de você.

Quem é você?

Você me mata.

Você me faz bem.

Como eu poderia ter duvidado de que aquela cidade era feita sob medida para o amor?

Como eu poderia ter duvidado de que você era feito sob medida para o meu corpo?

Gosto de você. Que acontecimento. Gosto de você.

Que lentidão, de repente.

Que ternura.
Você não imagina.
Você me mata.
Você me faz bem.
Tenho tempo.
Eu te peço.
Me devore.
Me deforme até a feiura.
Por que não você? Por que não você nesta cidade e nesta noite parecida com as outras a ponto de se confundirem? Por favor...

Muito brutalmente, o rosto da mulher parece muito afetuoso, voltado para o rosto do homem.

ELA

É impressionante como a sua pele é bonita.

Gemido feliz do homem.

ELA

Você...

O rosto do japonês aparece depois do rosto da mulher num riso extasiado (uma gargalhada) que parece fora do lugar no diálogo. Ele se vira:

ELE
Eu, sim. Você terá me visto.

Os dois corpos nus aparecem. Mesma voz de mulher, muito velada, mas desta vez não declamatória.

ELA
Você é completamente japonês ou não é completamente japonês?

ELE
Completamente. Sou japonês.

ELA
Você tem os olhos verdes, é isso mesmo?

ELE
Eu acho que sim..., é... acho que são verdes.

Olha para ela. Afirma afetuosamente:

ELE

Você é como mil mulheres juntas...

ELA

É porque você não me conhece. É por isso.

ELE

Talvez não só por causa disso.

ELA

Não me desagrada ser mil mulheres juntas para você.

Ela beija o ombro dele e apoia a cabeça na concavidade desse ombro. Sua cabeça está virada para a janela aberta, para Hiroshima, para a noite. Um homem passa na rua e tosse. (Não podemos vê-lo, somente ouvi-lo). Ela se levanta.

ELA

Ouça... São quatro horas...

ELE

Por quê?

ELA

Não sei quem é. Todos os dias ele passa às quatro horas. E tosse.

Silêncio. Eles se olham.

ELA

Você estava em Hiroshima...

Ele ri, como se diante de uma criancice.

ELE

Não... é claro.

Ela acaricia mais uma vez seu ombro nu. Esse ombro é efetivamente belo, intacto.

ELA

Ah. É verdade... Eu sou uma idiota.

Quase sorrindo.
Ele olha para ela de repente, sério e hesitante, depois acaba por lhe dizer:

ELE

Minha família estava em Hiroshima. Eu estava na guerra.

Ela interrompe o gesto sobre o ombro.
Timidamente, dessa vez, com um sorriso, pergunta:

ELA

Foi sorte, então?

Ele deixa de olhar para ela, pesa os prós e os contras:

ELE

Sim.

Ela acrescenta, muito gentil, mas afirmativa:

ELA

Sorte para mim também.

Pausa.

ELE

Por que você está em Hiroshima?

ELA

Um filme.

ELE

O quê, um filme?

ELA

Atuo num filme.

ELE

E antes de Hiroshima, onde você estava?

ELA

Em Paris.

Outra pausa, ainda mais longa.

ELE

E antes de estar em Paris?...

ELA

Antes de estar em Paris?... Eu estava em Nevers. *Ne-vers.*

ELE

Nevers?

ELA

É na Nièvre. Você não conhece.

Pausa. Ele pergunta, como se acabasse de descobrir um elo Hiroshima-Nevers:

ELE

E por que você queria ver tudo em Hiroshima?

Ela faz um esforço de sinceridade:

ELA

Estava interessada. Tenho uma ideia sobre isso. Por exemplo, sabe, olhar bem para as coisas, eu acho que isso se aprende.

PARTE II •

Passa na rua um enxame de bicicletas que desliza a toda velocidade, com um barulho que se amplifica e decresce.

Ela está de roupão de banho na sacada do quarto de hotel. Olha para ele. Numa das mãos tem uma xícara de café.

Ele ainda dorme. Os braços estão em forma de cruz, ele está deitado de bruços. Está nu até a cintura.

[Um raio de sol entra pelas cortinas e faz um pequeno sinal sobre suas costas, como dois traços cruzados (ou manchas ovais)].

Ela olha com uma intensidade anormal suas mãos que tremem levemente, como, às vezes, as mãos das crianças no sono. Suas mãos são muito bonitas, muito viris.

Enquanto ela observa suas mãos, aparece brutalmente, em lugar do japonês, o corpo de um jovem na mesma posição, mas mortuária, sobre o cais de um rio, em pleno sol. (O quarto está na penumbra). Esse jovem agoniza. Suas mãos também são muito bonitas, surpreendentemente parecidas às do japonês. Agitam-se com os sobressaltos da agonia. [*Não vemos as roupas desse homem porque uma jovem está deitada sobre seu corpo, boca contra boca. As lágrimas que correm dos seus olhos se misturam ao sangue que corre de sua boca*].

[*A mulher – esta – tem os olhos fechados. Enquanto o homem sobre o qual ela se deita tem os olhos fixos da agonia*]. *A imagem dura muito pouco tempo.*

Ela está imobilizada em sua posição, inclinada junto à janela. Ele acorda. Sorri. Ela não lhe sorri de imediato. Continua a fitá-lo com atenção, sem mudar de posição. Depois leva para ele o café.

ELA

Você quer café?

Ele faz que sim. Pega a xícara. Uma pausa.

ELA

Com o que você sonhava?

ELE

Já não sei mais... Por quê?

Ela está outra vez natural, extremamente gentil.

ELA

Eu olhava para as suas mãos. Elas se mexem quando você dorme.

Ele olha para as próprias mãos, por sua vez, surpreso, e brinca talvez de mexer os dedos.

ELE

É quando a gente sonha, talvez, sem saber.

Com calma, gentileza, ela faz um sinal expressando dúvida.

ELA

Hum, hum.

Estão juntos sob o chuveiro do quarto de hotel. Estão alegres.
Ele coloca a mão sobre a testa dela de tal modo que empurra sua cabeça para trás.

ELE

Você é uma mulher bonita, sabia?

ELA

Você acha?

ELE

Acho.

ELA

Um tanto cansada. Não?

Ele faz um gesto sobre o rosto dela, deforma-o. Ri.

ELE

Um pouco feia.

Ela sorri com a carícia.

ELA

Não importa?

ELE

Foi o que eu notei ontem no café. O modo como você é feia. E também...

ELA, *muito relaxada.*

E também?

ELE

E também como você estava aborrecida.

Ela faz na direção dele um gesto de curiosidade.

ELA

Diga mais.

ELE

Você estava aborrecida do modo que faz com que os homens sintam vontade de conhecer uma mulher.

Ela sorri, abaixa os olhos.

ELA

Você fala francês bem.

Tom alegre:

ELE

Não falo? Fico feliz que você finalmente repare como eu falo francês bem.

Pausa.

ELE

Eu não tinha notado que você não falava japonês...
Você já tinha notado que é sempre no mesmo sentido que notamos as coisas?

ELA

Não. Notei você, foi tudo.

Risos.
Depois do banho. Ela se demora mordendo uma maçã, cabelos molhados. Com roupão de banho.
Está na sacada, olha para ele, se alonga e, como que para fazer um "balanço" da situação deles, diz, lentamente, com uma espécie de "deleite" com as palavras:

ELA

Conhecer-se em Hiroshima. Não acontece todos os dias.

Ele vai se juntar a ela na sacada, senta-se diante dela, já vestido. (De camisa, colarinho aberto).
Depois de certa hesitação, ele pergunta:

ELE

O que era Hiroshima para você, na França?

ELA

O fim da guerra, quero dizer, completamente. O estupor... diante da ideia de que tenham ousado... o estupor diante da ideia de que tenham conseguido. E também, para nós, o começo de um medo desconhecido. E também a indiferença, o medo da indiferença...

ELE

Onde você estava?

ELA

Acabava de deixar Nevers. Estava em Paris. Na rua.

ELE

É uma palavra francesa bonita, Nevers.

Ela não responde de imediato.

ELA

É uma palavra como qualquer outra. Como a cidade.

Ela se afasta.
Ele está sentado na cama, acende um cigarro, fita-a intensamente.

[*A sombra dela, ao se vestir, passa sobre ele, de tempos em tempos. Ela passa justamente sobre ele.*] *Ele pergunta:*

ELE
Você conheceu muitos japoneses em Hiroshima?

ELA
Ah, conheci, sim... mas feito você... (*de modo contundente*), não...

Ele sorri. Alegria.

ELE
Sou o primeiro japonês da sua vida?

ELA
Sim.

Ouve-se o seu riso. Ela reaparece enquanto se veste e diz (de modo bem marcado):

ELA
Hi-ro-shi-ma. [Tenho que fechar os olhos para me lembrar... quero dizer me lembrar de como, na França,

antes de vir até aqui, eu me lembrava de Hiroshima. É sempre assim com as lembranças.]

Ele abaixa os olhos, muito calmo.

ELE

O mundo inteiro estava contente. Você estava contente junto com o mundo inteiro.

Ele continua, no mesmo tom.

ELE

Era um belo dia de verão em Paris esse dia, ouvi dizer, não era?

ELA

Fazia bom tempo, sim.

ELE

Quantos anos você tinha?

ELA

Vinte anos. E você?

ELE

Vinte e dois anos.

ELA

A mesma idade, ora.

ELE

Em suma, sim.

Ela aparece completamente vestida, no momento em que ajusta sua touca de enfermeira (pois é como enfermeira da Cruz Vermelha que aparece). Agacha-se perto dele com um gesto sutil ou se deita ao seu lado.
Brinca com sua mão. Beija seu braço nu.
Tem início uma conversa trivial.

ELA

O que você faz da vida?

ELE

Arquitetura. E também política.

ELA

Ah, é por isso que você fala francês tão bem?

ELE

É por isso. Para ler a Revolução Francesa.

Eles riem.

Ela não se admira. Toda precisão sobre a política que ele faz é absolutamente impossível, porque ela seria imediatamente rotulada. Além disso, seria ingênua. Não é possível esquecer que só um homem de esquerda pode dizer o que ele acabou de dizer.

Que isso será imediatamente compreendido também pelo espectador. Sobretudo após sua observação sobre Hiroshima.

ELE

Qual é esse filme em que você atua?

ELA

Um filme sobre a Paz.

O que você quer que gravemos em Hiroshima se não um filme sobre a Paz?

Passa um enxame de bicicletas ensurdecedoras. [O desejo regressa entre eles.]

ELE

Eu gostaria de te ver de novo.

Ela faz sinal que não.

ELA

A esta hora, amanhã, terei voltado para a França.

ELE

É verdade? Você não tinha dito.

ELA

É verdade. *(Uma pausa).* Não valia a pena dizer.

Ele fica sério em sua estupefação.

ELE

Foi por isso que você me deixou subir ao seu quarto ontem à noite?... Porque era seu último dia em Hiroshima?

ELA

De jeito nenhum. Nem pensei nisso.

ELE

Quando você fala, eu me pergunto se mente ou se diz a verdade.

ELA

Minto. E digo a verdade. Mas a você não tenho razões para mentir. Por quê?...

ELE

Diga-me..., acontecem com frequência para você histórias como... esta?

ELA

Não com muita frequência. Mas acontecem. Gosto muito dos rapazes...

Pausa.

ELA

Minha moral é duvidosa, sabe.

Ela sorri.

ELE

O que é que você chama de moral duvidosa?

Tom muito leve.

ELA

A que duvida da moral dos outros.

Ele ri muito.

ELE

Eu gostaria de te ver de novo. Mesmo que o avião parta amanhã de manhã. Mesmo que a sua moral seja duvidosa.

Pausa. A do amor que regressa.

ELA

Não.

ELE

Por quê?

ELA

Porque não. (*Incomodada*).

Ele não fala mais.

ELA

Não quer mais falar comigo?

ELE, *depois de um tempo*

Eu gostaria de te ver de novo.

Estão no corredor do hotel.

ELE

Aonde você vai, na França? A Nevers?

ELA

Não. A Paris. (*Pausa*). A Nevers não, nunca mais vou lá.

ELE

Nunca?

Ela faz uma espécie de careta ao dizer isso.

ELA

Nunca.

Facultativo.
[Nevers é uma cidade que me faz mal.]
[Nevers é uma cidade de que não gosto mais.]
[Nevers é uma cidade que me dá medo.]

Ela acrescenta, entrando no jogo dele.

ELA

Nevers é onde fui mais jovem em toda minha vida...

ELE

Jovem-em-Ne-vers.

ELA

Sim. Jovem em Nevers. E então também, uma vez, louca em Nevers.

Estão diante do hotel, andando de lá para cá. Ela espera o carro que deve vir buscá-la para levá-la à praça da Paz. Há pouca gente. Mas os carros passam sem parar. É uma avenida.
Diálogo quase gritado por causa do barulho dos carros.

ELA

Nevers, sabe, é a cidade do mundo e até mesmo a coisa do mundo com a qual, à noite, eu mais sonho. Ao mesmo tempo em que é a coisa do mundo na qual eu menos penso.

ELE

Como foi a sua loucura em Nevers?

ELA

É como a inteligência a loucura, sabe. Não há como explicá-la. Exatamente como a inteligência. Ela chega, te ocupa e então você a compreende. Mas quando ela te deixa não é mais possível compreendê-la.

ELE

Você era má?

ELA

Era essa a minha loucura. Eu estava louca de maldade. Parecia-me que se podia fazer uma verdadeira carreira na maldade. Nada tinha sentido para mim além da maldade. Você compreende?

ELE

Sim.

ELA

É verdade que você também deve compreender isso.

ELE

Nunca recomeçou, para você?

ELA

Não. Acabou (*em voz bem baixa*).

ELE

Durante a guerra?

ELA

Logo depois.

Pausa.

ELE
Fazia parte das dificuldades da vida francesa depois da guerra?

ELA
Sim, pode-se dizer que sim.

ELE
Quando foi que passou, para você, a loucura?

Baixo demais, como isso deveria ser dito:

ELA
Aos poucos, passou. E depois, quando tive filhos... necessariamente.

Barulho dos carros que aumenta e diminui em proporção inversa à gravidade do diálogo.

ELE
O que foi que você disse?

Gritado, em "tom contrário", como isso não pode ser dito.

ELA

Eu disse que aos poucos passou. E depois, quando tive filhos..., necessariamente...

ELE

Eu gostaria muito de ficar com você alguns dias, em algum lugar, uma vez.

ELA

Eu também.

ELE

Te rever hoje não seria te rever. Tão pouco tempo depois não é rever as pessoas. Eu gostaria muito.

ELA

Não.

Ela para diante dele, paralisada, imóvel, muda.
Ele quase aceita.

ELE

Bom.

Ela ri, é um pouco forçado.
Marca um despeito, leve, mas real.
O táxi chega.

ELA
É porque você sabe que vou embora amanhã.

Ele ri com ela, mas menos do que ela. Depois de uma pausa.

ELE
É possível que seja mesmo por isso. Mas é uma razão como qualquer outra, não? A ideia de não te rever... nunca mais... em algumas horas.

O carro chegou e parou na avenida. Ela faz sinal para dizer que já vai. Demora-se, fita o japonês e diz:

ELA
Não.

Ele a segue com o olhar. Talvez sorria.

PARTE III •

São quatro horas da tarde, praça da Paz em Hiroshima. À distância, afasta-se um grupo de técnicos de cinema levando uma câmera, projetores e telas refletoras. Trabalhadores japoneses desmontam o estrado oficial que acaba de servir de cenário à última sequência do filme.

Uma observação importante: veremos os técnicos sempre de longe. E jamais saberemos qual é o filme que gravam em Hiroshima. Veremos sempre e somente o cenário que estão desmontando. [Talvez, no máximo, saibamos o título.]

*Maquinistas levam placas em várias línguas, em japonês, em francês, em alemão etc... "*HIROSHIMA NUNCA MAIS*", circulam.*

Então os trabalhadores se ocupam desmontando as tribunas oficiais e tirando as bandeirolas. No cenário, encontramos a francesa. Ela dorme. Seu chapeuzinho de enfermeira está meio caído. Está deitada, a cabeça [*contra o pilar de uma enorme placa utilizada no filme*] [*debaixo de qualquer coisa ou à sombra de uma tribuna*].

Compreendemos que acaba de ser gravado em Hiroshima um filme edificante sobre a Paz. Não é necessariamente um filme ridículo, é um filme apenas edificante. A multidão passa ao lado da praça onde acaba de ser gravado o filme. Essa multidão é indiferente. À exceção de algumas crianças, ninguém olha – estão habituados, em Hiroshima, a ver gravarem filmes sobre Hiroshima.

Entretanto, um homem passa, para e olha. Foi ele que deixamos um momento antes no quarto de hotel onde está hospedada a francesa.

O japonês vai se aproximar da enfermeira, observá-la dormir. É o olhar do japonês sobre ela que acabará por despertá-la, mas ele vai se demorar ali diante dela durante muito tempo antes disso.

Durante a cena, vemos talvez alguns detalhes – por exemplo, uma maquete do Palácio da Indústria, ao longe, [*um guia circundado de turistas japoneses*], [*um casal de inválidos de guerra de roupa branca, esticando o tronco para pedir dinheiro*], [*uma família na esquina, conversando*].

Ela acorda. Seu cansaço desaparece. Regressamos à história pessoal deles de imediato. Essa história pessoal vai sempre prevalecer sobre a história necessariamente demonstrativa de Hiroshima.

Ela se levanta e vai na direção dele. Riem, mas sem excesso. Depois voltam a ficar sérios.

ELE

Foi fácil te reencontrar em Hiroshima.

Ela ri um riso alegre.
Pausa. Ele a fita de novo.
Entre eles passam dois ou quatro trabalhadores levando uma fotografia muito ampliada que representa o plano da mãe morta e da criança que chora, nas ruínas fumegantes de Hiroshima – do filme Os filhos de Hiroshima. *Eles não olham para a foto que passa. Uma outra fotografia passa, representando Einstein dando a língua. Segue imediatamente à da criança e da mãe.*

ELE

É um filme francês?

ELA

Não. Internacional. Sobre a Paz.

ELE

Terminou.

ELA

Para mim, sim, terminou. Vão gravar as cenas da multidão... Há filmes publicitários sobre o sabão. Então... no fim das contas... talvez.

Ele está muito confiante em sua opinião a respeito.

ELE

Sim, no fim das contas. Aqui em Hiroshima não debochamos dos filmes sobre a Paz.

Ele se volta para ela. As fotografias acabaram de passar. Eles se aproximam instintivamente um do outro. Ela ajeita o chapeuzinho que se soltou durante o sono.

ELE

Você está cansada?

Ela olha para ele de modo bastante provocante e doce ao mesmo tempo. Diz, com um sorriso doloroso, preciso:

ELA

Igual a você.

Ele a olha fixamente de um modo que não dá margem a dúvidas e diz:

ELE

Pensei em Nevers na França.

Ela sorri. Ele acrescenta:

ELE

Pensei em você.

Ele acrescenta também:

ELE

É amanha mesmo o seu avião?

ELA

É amanhã mesmo.

ELE

Amanhã, definitivamente?

ELA

Sim. O filme atrasou. Faz já um mês que me esperam em Paris.

Ela o fita no rosto.
Devagar, ele retira seu chapeuzinho de enfermeira. (Ou ela está muito maquiada, tem os lábios tão escuros que parecem negros. Ou está pouco maquiada, quase descolorida sob o sol).
O gesto do homem é muito livre, muito premeditado. É preciso que haja o mesmo choque erótico do início. Ela aparece, os cabelos despenteados como na véspera, na cama. E deixa que ele tire seu chapeuzinho, submete-se como se submeteu na véspera, para fazer amor. (Aqui, deixar-lhe um papel eroticamente funcional).
Ela abaixa os olhos. Beicinho incompreensível. Brinca com qualquer coisa no chão.
Levanta os olhos para ele. Ele diz, com enorme lentidão.

ELE

Você me dá muita vontade de amar.

Ela não responde de imediato. Abaixou os olhos com o impacto da perturbação em que a lançam as palavras dele. O gato da praça da Paz brinca com o seu pé? Ela diz, os olhos baixos, também muito lentamente (mesma lentidão).

ELA
Sempre... os amores... ocasionais... Eu também...

Passa entre eles um objeto extraordinário de natureza imprecisa. Vejo uma estrutura de madeira (atomium?) com uma forma muito precisa mas cuja utilização é um enigma completo. Eles não olham. Ele diz:

ELE
Não. Nem sempre tão forte assim. Você sabe.

Ouvem-se gritos ao longe. Depois, cantos infantis. Eles também não se deixam distrair.
Ela faz uma careta incompreensível (licenciosa seria a palavra). Ergue os olhos de novo, mas dessa vez para o céu. E diz, novamente, de forma incompreensível, enquanto enxuga a testa coberta de suor.

ELA

Dizem que vai haver tempestade antes do anoitecer.

Vemos o céu que ela vê. Nuvens correm... Os cantos ficam mais precisos. Depois começa (o fim) do desfile.
Eles recuaram. Ela está parada diante dele (como nas "revistas" femininas) e coloca uma das mãos sobre o seu ombro. Seu rosto está sob seus cabelos. Quando ela levanta os olhos, pode vê-lo. Ele tentará levá-la para longe do desfile. Ela vai resistir. Mas vai se afastar com ele, quase que sem "sentir" que faz isso. [Diante das crianças, contudo, vai parar de verdade, fascinada].
Desfile de jovens levando placas.

1ª SÉRIE DE PLACAS
1ª placa:
Se uma bomba atômica vale 20.000 bombas comuns.
2ª placa:
E se a bomba H vale 1.500 vezes a bomba atômica.
3ª placa:
Quanto valem as 40.000 bombas A e H fabricadas atualmente no mundo?
4ª placa:
Se 10 bombas H são jogadas sobre o mundo será a pré-história.

5ª placa:
40.000 bombas H e A são o quê?

2ª SÉRIE DE PLACAS
I
Esse resultado prestigioso honra a *inteligencia*[5] científica do homem.
II
Mas é lamentável que a inteligência política do homem seja 100 vezes menos desenvolvida que sua inteligência científica.
III
E nos prive a esse ponto de admirar o homem.

2ª SÉRIE[6]
1ª placa:
[*A foto de uma formiga*: Não temos medo da bomba H.]
2ª placa:
[Eis aqui o grito dos 160 milhões de sindicalizados da Europa.]
3ª placa:
[Eis aqui o grito dos 100.000 cadáveres que desapareceram de Hiroshima.]

5_ Inteligencia: erro voluntariamente deixado por Resnais. [No original, "inteligence", quando a grafia francesa correta seria "intelligence" – N. da T.].
6_ Mantemos a exata numeração e redação apresentadas na edição original [N. da E.].

Homens e mulheres seguem as crianças que cantam.
Cachorros seguem as crianças.
Há gatos nas janelas. (O da praça da Paz está acostumado e dorme).
Placas. Placas.
Todos sentem muito calor. O céu, por cima das pessoas que desfilam, é sombrio. O sol está oculto pelas nuvens.
As crianças são muitas, bonitas. Sentem calor e cantam com a boa vontade da infância. O japonês, de modo irresistível e quase contra a própria vontade, empurra a francesa no [mesmo sentido do] desfile [ou no sentido oposto].
A francesa fecha os olhos e dá um gemido [ao ver as crianças do desfile]. E nesse gemido, depressa, como um ladrão, o japonês diz:

ELE

Não gosto de pensar na sua partida. Amanhã. Acho que te amo.

O gemido da francesa continua de tal maneira que pode se tornar o de um arrebatamento amoroso. O japonês mete a boca em seus cabelos, come seus cabelos, discretamente. A mão aperta o ombro. Ela abre lentamente os olhos.

O desfile continua.

As crianças estão fardadas de branco. O suor forma gotas peroladas através do talco. Duas delas disputam uma laranja. Estão irritadas.

ELA

[Por que fardaram elas desse jeito?

ELE

Para que elas se pareçam, as crianças de Hiroshima.]

[*Essas palavras são pronunciadas* sobre *as crianças.*]
[*(Ou vozes japonesas legendadas). Vozes gritadas.*]

ELA

[Por quê?

ELE

Porque as crianças queimadas de Hiroshima se pareciam.]

Passa um falso queimado que deve ter trabalhado no filme. Perde sua cera que derrete em seu pescoço. Pode ser muito repugnante, muito assustador.

Os dois se olham com um movimento inverso da cabeça. Ele diz:

ELE

Você vai vir comigo mais uma vez.

Ela não responde.
Uma mulher japonesa admirável passa. Está sentada num carro. Do (ornato dos seus seios)[7] metidos num corpete preto voam pombas.

ELE

Me responda.

Ela não responde. Ele se curva para a frente e diz, junto à sua orelha:

ELE

Você tem medo?

Ela sorri. Faz que não com a cabeça.

ELA

Não.

7_ Resnais escolheu um globo florido.

[*Gatos veem as pombas que saem do corpete da mulher e se agitam.*]

Os cantos informes das crianças continuam, mas diminuindo.

Uma monitora repreende as duas crianças que disputam a laranja. A maior pega a laranja. A menor chora. A maior começa a comer a laranja.

Tudo isso dura mais do que o necessário.

Atrás da criança que chora, os quinhentos estudantes japoneses chegam. É um tanto cansativo, excessivo. Ele a puxa completamente para si, na ocasião dessa nova desordem. Têm um olhar de sofrimento. Ele, olhando para ela, ela, olhando para o desfile. Devemos sentir que esse desfile os espolia do tempo que lhes resta. Não se dizem mais nada. Ele a leva pela mão. Ela se deixa levar. Partem, na contracorrente do desfile. Nós os perdemos de vista.[8]

Nós a reencontramos de pé no meio de um cômodo espaçoso de uma casa japonesa. Cortinas fechadas. Luz suave. Sentimento de frescor após o calor do desfile. A casa é moderna. Há poltronas etc.

A francesa se porta ali como uma convidada. Está quase intimidada. Ele vem em sua direção do fundo

---

8_ Resnais faz com que se percam na multidão.

do cômodo (podemos supor que acaba de fechar uma porta, ou a garagem, pouco importa). Ele diz:

ELE
Sente-se.

Ela não se senta. Permanecem ambos de pé. Sentimos que entre eles o erotismo fica em xeque por causa do amor, do instante. Ele está de pé diante dela. E no mesmo estado, quase desajeitado. É o jogo inverso do que jogaria um homem no caso de uma oportunidade.

Ela pergunta, para dizer alguma coisa:

ELA
Você está sozinho em Hiroshima?... sua mulher, onde ela está?

ELE
Está em Unzen, na montanha. Estou sozinho.

ELA
Ela volta quando?

ELE
Por esses dias.

Ela continua, baixo, como num aparte.

ELA

Como ela é, a sua mulher?

Ele diz, olhando para ela. Muito deliberado. (O tom: essa não é a questão).

ELE

Bonita. Sou um homem que é feliz com a mulher.

Pausa.

ELA

Eu também sou uma mulher que é feliz com o marido.

Isso é dito com uma verdadeira emoção, imediatamente recoberta pelo instante que corre.

ELE

... Teria sido simples demais.

(Nesse momento, o telefone toca).
Ele se aproxima como se caísse em cima dela. Ela o observa chegar e diz:

ELA
Você não trabalha à tarde?

ELE
Sim. Muito. Sobretudo à tarde.

ELA
É uma história idiota...

Como ela diria "Eu te amo".
Eles se beijam em meio ao ruído do telefone que continua a tocar.
Ele não atende.

ELA
É por mim que você perde a sua tarde?

Ele continua não atendendo.

ELA
Mas me diga, que importância tem isso?

Em Hiroshima. [Estão juntos, nus, numa cama.] A luz já mudou. É depois do amor. Passou-se um tempo.

ELE

Ele era francês, o homem que você amou durante a guerra?

Em Nevers. Um alemão atravessa uma praça, ao crepúsculo.

ELA

Não... ele não era francês.

Em Hiroshima. Ela está estendida sobre a cama, invadida pelo cansaço e pelo amor. O dia baixou ainda mais sobre seus corpos.

ELA

Sim, foi em Nevers.

Em Nevers. Imagens de um amor em Nevers. Passeios de bicicleta. A floresta. As ruínas etc.

ELA

Primeiro nos encontrávamos em celeiros. Depois, nas ruínas. E depois, em quartos. Como em toda parte.

Em Hiroshima. No quarto, a luz baixou mais. Reencontramos os dois numa posição de entrelaçamento quase calma.

ELA

E depois ele morreu.

Em Nevers. Imagens de Nevers. Rios. Cais. Álamos ao vento etc.
O cais deserto.
O jardim.
Em Hiroshima, agora. E os reencontramos [quase que na penumbra].

ELA

Eu dezoito anos e ele vinte e três anos.

Em Nevers. Numa cabana, à noite, o "casamento" de Nevers.

(Sobre as imagens de Nevers, só fazemos com que ela responda. As perguntas que ele faz são "subentendidas", "implícitas").

Sempre no mesmo encadeamento. Sobre Nevers que consagra a resposta. Depois, ao fim, ela diz, calma:

ELA

Por que falar dele e não de outros?

ELE

Por que não?

ELA

Não. Por quê?

ELE

Graças a Nevers, só o que posso é começar a te conhecer. E entre as milhares de coisas da sua vida, escolho Nevers.

ELA

Como outra coisa?

ELE

Sim.

Vemos que ele mente? Temos nossas dúvidas. Quanto a ela, torna-se quase violenta e buscando ela própria o que poderia dizer (momento um pouco louco).

ELA

Não. Não é por acaso. *(Pausa)*. É você que deve me dizer por quê.

Ele pode responder (muito importante para o filme). Talvez:

ELE

É ali, me parece ter compreendido, que você é tão jovem... tão jovem que ainda não é de ninguém, precisamente. Isso me agrada.

Ou talvez:

ELA

Não, não é isso.

ELE

É ali, me parece ter compreendido, que eu por pouco... não te perdi... e que corri o risco de nunca te conhecer.

Ou talvez:

ELE

É ali, me parece ter compreendido, que você começou a ser como ainda é hoje.

(*Escolher entre essas três últimas réplicas ou incluir as três,[9] seja em seguida, seja separadamente, ao acaso dos movimentos do amor na cama. Essa última solução seria a minha preferida, se isso não prolongar demais a cena*).
[*Uma última vez, Nevers desfila. Imagens se sucedem com uma banalidade deliberada. Ao mesmo tempo que assustam.*]
Regressamos a eles uma última vez. [*Está escuro.*] *Ela diz. Grita:*

ELA

Quero ir embora daqui.

Ao mesmo tempo que se agarrou a ele de forma quase selvagem.
Estão no cômodo onde estavam há pouco, novamente vestidos. Esse cômodo está agora iluminado. Estão de pé, os dois. Ele diz, calmo, calmo...

9_ Em vez de escolher entre uma das versões, Resnais optou por incluir as três.

ELE

Agora só o que nos resta é passar o tempo que nos separa da sua partida. Ainda faltam dezesseis horas para o seu avião.

Ela diz, tomada pelo pânico, tomada pela tristeza:

ELA

É imenso...

Ele responde, delicadamente:

ELE

Não. Você não precisa ter medo.

PARTE IV.

Sobre o rio, em Hiroshima, a noite cai em longas trilhas luminosas.

O rio se esvazia e se enche de acordo com as horas, as marés. As pessoas às vezes observam a lenta subida da maré ao longo das margens enlameadas.

Há um café diante desse rio. É um café moderno, americanizado, com um janelão envidraçado. Quando as pessoas estão sentadas nos fundos do café, não veem as margens do rio, mas apenas o próprio rio. É nessa imprecisão que se desenha a embocadura do rio. É ali que termina Hiroshima e começa o Pacífico. O lugar está parcialmente vazio. Eles estão sentados em uma mesa nos fundos da sala. Estão um de frente para o outro, ou face contra face, ou testa contra testa. Acabamos de deixá-los em sua tristeza diante da ideia das dezesseis horas que os separam de sua separação definitiva. Agora os reencontramos quase que felizes. O tempo passa sem que eles se deem conta. Um milagre se produziu. Qual? Justamente o ressurgimento de Nevers. E a primeira coisa que ele diz, nessa pose perdidamente amorosa, é:

ELE

Não quer dizer nada, em francês, Nevers?

ELA

Nada. Não.

ELE

Você teria sentido frio, nessa cave em Nevers, se nós nos tivéssemos amado ali?

ELA

Eu teria sentido frio. Em Nevers as caves são frias, tanto no verão quanto no inverno. A cidade se estende às margens de um rio que chamamos Loire.

ELE

Não posso imaginar Nevers.

Nevers. O Loire.

ELA

Nevers. Quarenta mil habitantes. Construída como uma capital – (mas). Uma criança pode ir de uma ponta à outra. *(Ela se afasta dele).* Eu nasci em Nevers *(ela bebe),* cresci em Nevers. Aprendi a ler em Nevers. E foi ali que completei vinte anos.

ELE

E o Loire?

> *Ele segura sua cabeça entre as mãos.*
> *Nevers.*

ELA

É um rio sem possibilidade de navegação, sempre vazio, por causa de seu curso irregular e de seus bancos de areia. Na França, o Loire é considerado um rio muito bonito, por causa sobretudo da sua luz... tão suave, se você soubesse.

> *Tom extasiado.*
> *Ele solta sua cabeça, escuta muito intensamente.*

ELE

Quando você está na cave, eu estou morto?

ELA

Você está morto... e...

Nevers: o alemão agoniza muito lentamente sobre o cais.

ELA

... como suportar tamanha dor?

ELA

A cave é pequena.

Para fazer, com as mãos, o ato de medi-la, ela se afasta da face dele. Continua muito perto de seu rosto, mas não mais colada a ele. Nenhuma encantação. Ela se dirige a ele de forma muito apaixonada.

ELA

... muito pequena.

ELA

A *Marselhesa* passa acima da minha cabeça... É... ensurdecedor...

Ela tapa os ouvidos, nesse café (em Hiroshima).

Reina nesse café um grande silêncio, de repente. Caves de Nevers. Mãos sanguinolentas de Riva.[10]

ELA

As mãos se tornam inúteis nas caves. Elas arranham. Esfolam-se contra as paredes... a ponto de tirar sangue...

Mãos sangram em algum lugar. As suas, sobre a mesa, estão intactas.
Riva lambe seu próprio sangue em Nevers.

ELA

... é tudo o que conseguimos encontrar para fazer capaz de nos fazer algum bem...

ELA

... e também para que nos lembremos...

ELA

... Eu adorava o sangue depois de ter provado o seu.

Eles mal se olham quando ela fala. Olham para Nevers. Estão, ambos, um tanto como possuídos por Nevers. Há

10_ Por vezes, a personagem francesa sem nome será referida nas rubricas também como Riva, que é o sobrenome da atriz do filme, Emmanuelle Riva [N. da E.].

sobre a mesa dois copos. Ela bebe com avidez. Ele, mais lentamente. Suas mãos estão sobre a mesa.
Nevers.

ELA

A sociedade rola sobre a minha cabeça. Em vez do céu... fatalmente... Eu a vejo marchar, essa sociedade. Depressa durante a semana. No domingo, lentamente. Ela não sabe que estou na cave. Eles me fazem passar por morta, morta longe de Nevers. Meu pai preferido. Porque fui desonrada, meu pai preferido.

Nevers: um pai, um farmacêutico de Nevers, atrás da vitrine de sua farmácia.

ELE

Você grita?

O quarto de Nevers.

ELA

No começo, não, não grito. Eu te chamo suavemente.

ELE

Mas eu morri.

ELA

Eu te chamo mesmo assim. Mesmo morto. Então, um dia, de repente, eu grito, grito muito forte, como uma surda. É quando me colocam na cave. Para me punir.

ELE

Você grita o quê?

ELA

O seu nome alemão. Só o seu nome. Já não tenho nada além de uma única memória, a do seu nome.

Quarto de Nevers, gritos silenciosos.

ELA

Eu prometo não gritar mais. Então me levam de volta ao meu quarto.

Quarto de Nevers. Deitada, a perna erguida, tomada pelo desejo.

ELA

Não posso mais de tanto desejo por você.

ELE

Tem medo?

ELA

Tenho medo. Em toda parte. Na cave. No quarto.

ELE

De quê?

Manchas no teto do quarto de Nevers, objetos aterrorizantes de Nevers.

ELA

De não voltar a te ver, nunca mais, nunca mais.

Eles se reaproximam, como no início da cena.

ELA

Um dia, tenho vinte anos. É na cave, minha mãe vem e me diz que tenho vinte anos. *(Uma pausa, como que para se lembrar).* Minha mãe chora.

ELE

Você cospe no rosto da sua mãe?

ELA

Sim.

(Como se eles soubessem juntos essas coisas).
Ele se solta dela.

ELE

Beba.

ELA

Sim.

Ele segura o copo, faz com que ela beba. Ela está abatida por conta das lembranças. E de repente:

ELA

Depois, já não sei mais nada. Já não sei mais nada...

Ele, para encorajá-la, inspirá-la.

ELE

São caves muito antigas, muito úmidas, as caves de Nevers... você dizia...

Ela se deixa cair na armadilha.

ELA
Sim. Muito salitre. [Eu me tornei uma imbecil.]

Sua boca nas paredes da cave de Nevers, mordendo.

ELA
Às vezes um gato entra e olha. Não é mau. Já não sei mais nada.

Um gato entra numa cave em Nevers e olha para essa mulher.
Ela acrescenta.

ELA
Depois já não sei mais nada.

ELE
Quanto tempo?

Ela não sai da possessão.

ELA
Uma eternidade. *(Com firmeza).*

Alguém, um homem sozinho, coloca um disco de música popular francesa na jukebox. Para que o milagre do esquecimento de Nevers dure, para que nada "se mova", o japonês derrama o conteúdo de seu copo no da francesa.

Numa cave de Nevers, brilham os olhos de um gato e os olhos de Riva.

Quando ela ouve o disco de música francesa (bêbada ou louca), sorri e grita.

ELA

Ah! Como fui jovem um dia.

Ela volta a Nevers, mal saiu de lá. Está assombrada (a escolha dos adjetivos é voluntariamente variada).

ELA

À noite... minha mãe me faz descer ao jardim. Olha a minha cabeça. Toda noite ela olha a minha cabeça com atenção. Não ousa voltar a se aproximar de mim... É à noite que posso olhar a praça, então olho. É imensa *(gestos)!* Ela se curva para dentro ao meio. [Diríamos um lago.]

Janelinha da cave de Nevers. Através dela, rodas irisadas de bicicletas que passam na aurora de Nevers.

ELA
É na aurora que o sono vem.

ELE
Às vezes chove?

ELA
... ao longo das paredes.

Ela procura, procura, procura.

ELA
Penso em você. Mas não digo mais. (*Quase* maligna).

Eles se reaproximam.

ELE
Louca.

ELA
Estou louca de amor por você. (*Uma pausa*). Meus cabelos voltam a crescer. Sinto-o com as mãos, todos os

dias. Tanto faz. Mas ainda assim meus cabelos voltam a crescer...

Riva em sua cama em Nevers, a mão nos cabelos. Ela passa as mãos nos cabelos.

ELE

Você grita, antes da cave?

ELA

Não. Eu não sinto nada...

Estão face contra face, os olhos semicerrados, em Hiroshima.

ELA

[Eles são jovens. São heróis sem imaginação.] Tosam meus cabelos com cuidado até a raiz. Acham que é seu dever tosar bem tosadas as mulheres.

ELE

Você sente vergonha por eles, meu amor? *(Muito claramente).*

A tosa.

ELA

Não. Você está morto. Estou ocupada demais sofrendo. A tarde cai. Só presto atenção no barulho da tesoura sobre a minha cabeça (*isso é dito na maior imobilidade*). Isso me alivia um pouquinho... da... sua morte... como...

... como, ah! pronto, não tenho como dizer isso melhor, como no caso das unhas, das paredes, da ira.

Ela continua, perdidamente ao encontro dele em Hiroshima.

ELA

Ah! que dor. Que dor no coração. É insano... Cantam *A Marselhesa* em toda a cidade. A tarde cai. Meu amor morto é um inimigo da França. Alguém disse que é preciso fazê-la passear pela cidade. A farmácia do meu pai está fechada por causa dessa desonra. Estou sozinha. Algumas pessoas riem. À noite, volto para casa.

Cena da praça em Nevers. Ela deve dar um grito disforme mas que em todas as "línguas" do mundo reconhecemos como o de uma criança que chama sua mãe: mamãe. Ele sempre ao encontro dela. Ele segura suas mãos.

ELE

E então, um dia, meu amor, você sai da eternidade.

Quarto em Nevers.
Riva anda em círculos. Derruba objetos.
Selvagem, animalidade da razão.

ELA

Sim, demora.

Disseram-me que demorou muito.

Às seis da tarde, os sinos da catedral Saint-Étienne tocam, tanto no verão quanto no inverno. Um dia, é verdade, posso ouvi-los. Lembro-me de tê-los ouvido antes – antes – enquanto nos amávamos, enquanto éramos felizes.

Começo a ver.

Lembro-me de já ter visto – antes – antes – enquanto nos amávamos, enquanto éramos felizes.

Lembro-me.

Vejo a tinta.

Vejo o dia.

Vejo a minha vida. A sua morte.

A minha vida que continua. A sua morte que continua.

Quarto e cave de Nevers.

E que as sombras ganhem já menos depressa os ângulos das paredes do quarto. E que as sombras ganhem já menos depressa os ângulos das paredes da cave. Por volta das seis e meia.

O inverno terminou.

Pausa. Em Hiroshima.
Ela treme.
Ela franze o rosto.

ELA

Ah! É horrível. Começo a me lembrar menos bem de você.

Ele segura o copo e faz com que ela beba. Ela está horrorizada consigo mesma.

ELA

... Começo a te esquecer. Tremo por ter esquecido tanto amor...

... Mais *(bebendo)*.

Ela divaga. Desta vez. Sozinha. Ele a perde.

ELA

Devíamos nos encontrar ao meio-dia no cais do Loire. Eu iria embora com ele.

Quando cheguei ao meio-dia no cais do Loire, ele ainda não estava completamente morto.

Alguém tinha atirado nele de um jardim.

O jardim do cais de Nevers.
Ela delira, não olha mais para ele.

ELA

Fiquei junto ao seu corpo o dia inteiro e depois ao longo de toda a noite. Na manhã seguinte vieram buscá-lo e o colocaram num caminhão. Foi nessa noite que Nevers foi liberada. Os sinos da igreja Saint-Étienne tocavam... tocavam... Ele esfriou pouco a pouco debaixo de mim. Ah! como ele demorou a morrer. Quando? Não sei mais ao certo. Eu estava deitada sobre ele... sim... o momento da sua morte me passou despercebido de verdade porque... mesmo naquele momento, e mesmo depois, sim, mesmo depois, posso dizer que não conseguia encontrar a menor diferença entre esse corpo morto e o meu... Só conseguia encontrar, entre esse corpo e o meu, semelhanças... gritantes, entende? Era o meu primeiro amor... (*berrado*).

O japonês lhe dá uma bofetada. (Ou então, como preferirem, esmaga as mãos dela entre as suas). Ela age como se não soubesse de onde vem essa dor. Mas desperta. É como se compreendesse que essa dor era necessária.

ELA

E então um dia... Voltei a gritar. Então me colocaram na cave.

Sua voz recupera o ritmo.
(Aqui toda a cena da bola de gude que entra na cave, que ela pega, que está quente, sobre a qual fecha a mão etc., e que entrega às crianças lá fora etc.).

ELA

... Ela estava quente...

Ele a deixa falar sem compreender. Ela retoma.

ELA

(*Pausa*). Acho que foi nesse momento que saí da maldade.

Pausa.

Não grito mais.

Pausa.

Estou ficando razoável. Dizem: "Ela está ficando razoável".

Pausa.

Certa noite, numa festa, eles me deixam sair.

Aurora, em Nevers, à beira de um rio.
É a margem do Loire. É a aurora. As pessoas atravessam a ponte em maior ou menor número de acordo com as horas. De longe, não há ninguém.
Praça da República, em Nevers, à noite.

ELA

Não é muito depois disso que minha mãe me anuncia que devo partir, à noite, para Paris. Ela me dá dinheiro. Parto para Paris de bicicleta, à noite.

É verão. As noites são agradáveis.

Quando chego a Paris, dois dias depois, o nome Hiroshima está em todos os jornais. Meus cabelos já têm um comprimento decente. Estou na rua com as pessoas.

Alguém recolocou o disco de música francesa na jukebox. Ela acrescenta. Como se despertasse.

ELA

Catorze anos se passaram.

Ele lhe serve a bebida. Ela bebe. Aparentemente, volta a ficar bastante calma. Saem do túnel de Nevers.

ELA

Mesmo das mãos eu me lembro mal... Da dor, ainda me lembro um pouco.

ELE

Na noite de hoje?

ELA

Sim, na noite de hoje eu me lembro. Mas um dia não vou me lembrar mais. Em absoluto. De nada.

Ela ergue a cabeça para ele neste momento.

ELA

Amanhã a esta hora estarei a milhares de quilômetros de você.

ELE

Seu marido sabe dessa história?

Ela hesita.

ELA

Não.

ELE

Sou o único, então?

ELA

Sim.

*Ele se levanta da mesa, pega-a nos braços, força-
-a a se levantar e a abraça muito forte, de maneira
escandalosa. As pessoas olham. Não compreendem.
Ele sente uma alegria violenta. Ri.*

ELE

Só eu sei. Só eu.

Ao mesmo tempo que ela fecha os olhos e diz:

ELA

Fique quieto.

Ela se aproxima ainda mais dele. Ergue a mão e, muito de leve, acaricia sua boca com a mão. Diz, quase que tomada por uma felicidade repentina:

ELA

Ah! Como é bom estar com alguém, às vezes.

Eles se separam, muito lentamente.

ELE

Sim (*com os dedos sobre sua boca*).

[*O disco, na máquina, na jukebox, acaba de diminuir subitamente de volume.*] *Uma luminária se apaga em algum lugar. Ou na margem do rio, ou no bar.*
Ela teve um sobressalto. Retirou a mão que tinha ficado sobre a boca. Ele não tinha esquecido a hora. Diz:

ELE

Fale mais.

ELA

Sim.

Ela tenta. Não consegue.

ELE

Fale.

Ela diz, sem energia:

ELA

[Tenho a honra de ter sido desonrada. O barbeador sobre a cabeça. Há, na estupidez, uma inteligência extraordinária...]
Desejo ter vivido aquele instante. Aquele instante incomparável.

Ele diz, distanciado do momento presente:

ELE

Em alguns anos, quando eu tiver esquecido você, e outras histórias como esta, ainda por força do hábito, acontecerem, vou me lembrar de você como do esquecimento do próprio amor. Pensarei nesta história como no horror do esquecimento. Já sei disso.

Entram pessoas no café. Ela olha as pessoas e pergunta (a esperança regressa):

ELA
A noite não para nunca, em Hiroshima?

Eles ingressam numa última comédia. Mas ela se deixa levar. Enquanto ele responde, mentindo.

ELE
Não para nunca, em Hiroshima.

Ela sorri. E, com extrema delicadeza, uma tristeza sorridente, diz (de forma adorável):

ELA
Como gosto disso... as cidades onde há sempre gente acordada, de noite, de dia...

A gerente do bar apaga uma luminária. O disco chegou ao fim. Estão quase que na penumbra. Chegou a hora tardia mas ainda assim inevitável do fechamento dos cafés em Hiroshima.
Eles abaixam os olhos, ambos, como que tomados por um pudor extremo. Estão perdidos à porta do

mundo ordenado onde sua história não pode se inscrever. Impossível lutar.

Ela compreende isso plenamente, de súbito.

Quando erguem os olhos, sorriem, ainda que seja "para não chorar", no sentido mais corriqueiro da expressão.

Ela se levanta. Ele não faz nenhum gesto para detê-la.

Estão lá fora, em plena noite, diante do café.

Ela fica parada diante dele.

ELA

É preciso evitar pensar nessas dificuldades que o mundo apresenta, às vezes. Sem isso, ele ia se tornar realmente irrespirável.

(Essa última frase é dita num "sopro").

Uma última luminária se apaga no café, muito perto. Eles têm os olhos baixos. [Uma canoa motorizada, evocando o barulho de um avião, sobe o rio na direção do mar.]

ELA

Afaste-se de mim.

Ele se afasta. Olha para o céu ao longe e diz:

ELE

O dia ainda não raiou...

ELA

Não. (*Pausa*). É provável que nós morramos sem nunca voltarmos a nos ver?

ELE

É provável, sim. (*Pausa*). Exceto, talvez, um dia, a guerra...

Pausa.
Ela responde. Marcar a ironia.

ELA

Sim, a guerra...

PARTE V.

Mais tempo se passou.

Podemos vê-la numa rua. Caminha depressa.

Depois a vemos no saguão do hotel. Pega uma chave.

Depois a vemos na escada.

Depois a vemos abrir a porta de seu quarto. Penetrar nesse quarto e parar de imediato como se diante de um abismo ou como se alguém já estivesse dentro desse quarto. Depois se retirar dali, recuando. Depois a vemos fechar delicadamente a porta desse quarto.

Subir a escada, descer de novo, subir de novo etc.

Voltar sobre seus passos. Ir e voltar num corredor. Torcer as mãos, buscando uma saída, não a encontrar, voltar ao quarto de repente. E dessa vez suportar o espetáculo desse quarto.

Ela vai ao lavabo, molha o rosto com água. E ouvimos a primeira frase de seu diálogo interior:

ELA
Acreditamos saber. E então não. Nunca.

ELA
[Descobrir a duração exata do tempo. Saber como o tempo, às vezes, se precipita, depois sua lenta queda inútil, e que é preciso ainda assim suportar, é também isso, sem dúvida, descobrir a inteligência (*entrecortado, repetições, gaguejos*).]

ELA
Ela teve em Nevers um amor de juventude alemão...
Vamos para a Baviera, meu amor, e vamos nos casar.
Ela nunca foi à Baviera. (*Ela se olha no espelho*).
Que aqueles que nunca foram à Baviera ousem lhe falar do amor.
Você ainda não estava completamente morto.
Contei a nossa história.
Eu te traí esta noite com esse desconhecido.
Contei a nossa história.
Era possível contá-la, veja só.
Catorze anos que eu não o reencontrava... o gosto de um amor impossível.
Desde Nevers.
Olhe como eu te esqueço...

– Olhe como te esqueci.
Olhe para mim.

[*Pela janela aberta vemos Hiroshima reconstruída e tranquilamente adormecida.*]
Ela ergue a cabeça bruscamente, vê-se no espelho com o rosto alagado (como de lágrimas), envelhecida, devastada. E dessa vez fecha os olhos, enojada.
Enxuga o rosto, sai dali muito depressa, volta a cruzar o saguão.

Nós a reencontramos sentada num banco, ou sobre um monte de cascalho, ou a uns vinte metros do café onde estavam juntos um momento antes.
A luz do restaurante (o restaurante) está em seus olhos. Banal, quase deserto, do qual ele se foi.
Ela (se alonga, se senta) sobre o cascalho e continua a olhar o café. (Uma única luz está acesa, então, no bar. A sala na qual estavam juntos um momento antes está fechada. Através da porta do bar essa sala recebe uma claridade suave e refletida que, de acordo com a disposição das mesas e das cadeiras, projeta sombras precisas e vãs).
[*Os últimos clientes do bar são como uma cortina entre a luz e a mulher sentada sobre o monte de cascalho.*

Ela passa, assim, da sombra à luz, de acordo com a passagem dos clientes do bar. Enquanto ela continua na sombra, olhando o lugar que ele desertou.]

Fecha os olhos. Depois volta a abri-los. Podemos acreditar que dorme. Mas não. Quando volta a abri-los, é de repente. Como um gato. Ouvimos sua voz, monólogo interior:

ELA

Vou ficar em Hiroshima. Com ele, todas as noites, em Hiroshima.

Ela abre os olhos.

ELA

Vou ficar aqui. Aqui.

Ela afasta os olhos do café, olha ao redor. E de repente se enrola sobre si mesma o máximo possível, num movimento muito infantil. Rosto escondido nos braços. Pés dobrados.

O japonês chega perto dela. Ela o vê, não se mexe, não reage. A ausência de "um para o outro" começou. Nenhuma surpresa. Ele fuma um cigarro. Diz:

ELE

Fique em Hiroshima.

Ela olha para ele "de soslaio".

ELA

É claro que vou ficar em Hiroshima com você.

Ela volta a se deitar enquanto diz isso (de maneira infantil).

ELA

Como estou infeliz...

Ele se aproxima dela.

ELA

Eu não esperava nada disso, em absoluto, entende...

ELA

Vá embora.

Ele se afasta enquanto diz:

ELE
Impossível te deixar.

Nós os reencontramos numa avenida. De tempos em tempos, casas noturnas iluminadas. A avenida é completamente reta. Ela caminha. Ele a segue. Podemos ver um, depois o outro. Têm o mesmo rosto desesperado. Ele a segura e lhe diz, com delicadeza:

ELE
Fique em Hiroshima comigo.

Ela não responde. Então ouvimos sua voz, quase gritada (do monólogo interior).

ELA
[Desejo não ter mais pátria. Aos meus filhos ensinarei a maldade e a indiferença, a inteligência e o amor da pátria dos outros até a morte.]

ELA
Ele virá até mim, vai me tomar pelos ombros, vai me bei-jar...

ELA

Ele vai me beijar... e eu estarei perdida.

(Perdida é dito com arrebatamento).
Voltamos a ele. E nos apercebemos que ele caminha mais lentamente para dar espaço a ela. Que ao contrário de ir até ela ele se afasta. Ela não se vira.
Sucessão de ruas de Hiroshima e de Nevers. Monólogo interior de Riva.

ELA

Eu te encontro.

Lembro-me de você. Aquela cidade era feita do tamanho do amor.

Você era feito do tamanho do meu próprio corpo.

Quem é você?

Você me mata.

Eu tinha fome. Fome de infidelidades, de adultérios, de mentiras e de morrer.

Desde sempre.

Eu duvidava que um dia toparia com você.

Eu te esperava com uma impaciência sem limites, calma.

Me devore. Me deforme de acordo com a sua imagem para que ninguém mais, depois de você, compreenda em absoluto por que tanto desejo.

Vamos ficar sozinhos, meu amor.

A noite não vai acabar.

O dia não vai mais raiar para ninguém.

Nunca. Nunca mais. Por fim.

Você me mata.

Você me faz bem.

Vamos chorar pelo dia defunto com consciência e boa vontade.

Não teremos mais nada a fazer além de chorar pelo dia defunto.

O tempo vai passar. Somente o tempo.

E o tempo vai vir.

O tempo virá. Não saberemos mais nomear o que nos unirá. O nome vai se apagar pouco a pouco da nossa memória.

Depois, desaparecerá por completo.

Ele a aborda, desta vez de frente. É a última. Mas continua longe dela. Daqui em diante, ela é intocável. Chove. Isso acontece sob o toldo de uma loja.

ELE
Talvez seja possível você ficar.

ELA
Você bem sabe. Mais impossível ainda do que deixá-lo.

ELE
Oito dias.

ELA
Não.

ELE
Três dias.

ELA
O tempo de quê? De viver isto? De morrer disto?

ELE
O tempo de saber.

ELA
Isso não existe. Nem o tempo de viver isto. Nem o tempo de morrer disto. Então, pouco me importa.

ELE

Eu preferiria que você tivesse morrido em Nevers.

ELA

Eu também. Mas não morri em Nevers.

Nós a reencontramos instalada num banco da sala de espera da estação de trem de Hiroshima. Mais tempo se passou. Ao seu lado, uma velha japonesa aguarda. Ouvimos a voz da francesa (monólogo interior):

ELA

Nevers que eu tinha esquecido, gostaria de te rever esta noite. Eu te incendiei a cada noite durante meses enquanto meu corpo se incendiava com a sua lembrança.

O japonês entrou como uma sombra e se sentou no mesmo banco que a velha senhora, do lado oposto de onde ela está. Não olha para francesa. Seu rosto está ensopado de chuva. Sua boca treme de leve.

ELA

Enquanto meu corpo já se incendeia com a sua lembrança. Eu gostaria de rever Nevers... o Loire.

Nevers.

Álamos encantadores da Nièvre, eu os entrego ao esquecimento.

A palavra "encantadores" deve ser dita como a palavra "amor".

História de quatro vinténs, eu a entrego ao esquecimento.

Ruínas de Nevers.

Uma noite longe de você eu esperava o dia como uma libertação.

O "casamento" em Nevers.

Um dia sem seus olhos e ela morreu em consequência.
Menina de Nevers.
Devassa de Nevers.
Um dia sem as mãos dele e ela acredita na infelicidade de amar.
Menininha de nada.
Morta de amor em Nevers.

Pequena tosada de Nevers, eu a entrego ao esquecimento esta noite.

História de quatro vinténs.

Como para ele, o esquecimento começará pelos seus olhos.

Igual.

Depois, como para ele, o esquecimento ganhará sua voz.

Igual.

Depois, como para ele, vai triunfar sobre você inteira, pouco a pouco.

Você vai se transformar numa canção.

ELA

[Por volta das sete horas da noite, no verão, duas multidões se cruzam no boulevard de la République, de forma amigável, ocupadas com as compras. Jovens de cabelos longos não fazem mais mal à sua pátria. Eu gostaria de rever Nevers. Nevers. Idiota completa.]

ELA

[Foi naquela cave que o amor por aquele homem tomou conta de mim. Que o amor por você tomou conta de mim.

No bairro de Beausoleil, onde minha lembrança permanece como um exemplo a não ser seguido, o amor por você tomou conta de mim.]

[É porque no bairro de Beausoleil minha lembrança permaneceu como um exemplo a não ser seguido que eu me tornei, um dia, livre para te amar. Eu não teria jamais ousado te amar se não tivesse deixado em Beausoleil aquela lembrança inqualificável. Beausoleil, eu te saúdo, gostaria de te rever esta noite, Beausoleil, idiota completa.]

O japonês está separado dela por essa velha senhora japonesa.

Ele pega um cigarro, se ergue levemente e estende o maço para a francesa.

"É tudo o que eu posso fazer por você, te oferecer um cigarro, como ofereceria a qualquer um, a esta velha senhora." Ela não vai fumar.

Ele oferece o cigarro à velha senhora, acende-o para ela.

A floresta de Nevers desfila no crepúsculo. Enquanto o alto-falante da estação de trem de Hiroshima anuncia: "Hiroshima! Hiroshima!" sobre as imagens de Nevers.

A francesa parece ter adormecido. Eles velam esse sono. Falam baixo.

É por acreditar que ela adormeceu que a velha senhora interroga o japonês.

VELHA SENHORA
Quem é?

ELE
Uma francesa.

VELHA SENHORA
O que está acontecendo?

ELE
Ela vai deixar o Japão daqui a pouco. Estamos tristes porque vamos nos separar.[11]

Ela não está mais ali. Nós a reencontramos nos arredores da estação de trem. Ela entra num táxi. Para diante de uma casa noturna, "Le Casablanca". Diante da qual ele chega, por sua vez.
Ela está sozinha sentada a uma mesa. Ele se senta a uma outra em frente ao lugar que ela ocupa.

11_ Diálogo realizado em japonês e não traduzido no filme.

É o fim. O fim da noite ao cabo da qual eles vão se separar para sempre.

Um japonês que estava no salão vai até a francesa e a aborda assim (em inglês):

O JAPONÊS

Are you alone?

Ela só responde por sinais. [Indica-lhe a cadeira ou o banco ao seu lado.]

O JAPONÊS

Do you mind talking with me a little?

O lugar está quase deserto. As pessoas se entediam.

O JAPONÊS

Is it very late to be lonely?

Ela se deixa abordar por um outro homem a fim de perder aquele que conhecemos. Mas não apenas isso não é possível, é inútil. Ele já foi perdido.

O JAPONÊS

May I sit down?

O JAPONÊS
Are you just visiting Hiroshima?

De vez em quando eles se olham, muito pouco, é abominável.

O JAPONÊS
Do you like Japan?

O JAPONÊS
Do you live in Paris?

A aurora continua despontando [nas janelas].
O monólogo interior terminou.
O japonês desconhecido fala com ela. Ela fita o outro. O japonês desconhecido para de falar.
E eis aqui, através das vidraças, aterrorizante, "a aurora dos condenados".
Nós a reencontramos atrás da porta do quarto. Tem a mão sobre o coração.
Batem à porta.
Ela abre. Ele diz:

ELE
Impossível não vir.

Estão de pé, no quarto.

De pé, um diante do outro, mas os braços junto ao corpo, sem se tocar em absoluto.

O quarto está intacto.

Os cinzeiros estão vazios.

O dia raiou por completo. Faz sol.

Eles sequer fumam.

A cama está intacta.

Eles não dizem nada.

Olham-se.

O silêncio da aurora pesa sobre a cidade inteira. Ele entra no quarto. Ao longe, Hiroshima ainda dorme.

De repente, ela se senta.

Ele toma seu rosto entre as mãos e geme. Lamento sombrio.

Nos olhos dela está a claridade da cidade. Ela quase causa desconforto e grita, de repente:

ELA

Eu vou te esquecer! Já estou te esquecendo! Olhe como eu te esqueço! Olhe para mim.

Ele a segura pelos braços [pelos punhos], ela se põe de pé diante dele, a cabeça jogada para trás. Separa-se dele com muita brutalidade.

Ele a ajuda na ausência de si mesmo. Como se ela estivesse em perigo.

Ele olha para ela enquanto ela olha para ele como olharia para a cidade, e o chama de súbito com muita delicadeza.

Ela o chama "de longe", maravilhada. Conseguiu afogá-lo no esquecimento universal. Está maravilhada com isso.

ELA

Hi-ro-shi-ma.

ELA

Hi-ro-shi-ma. É o seu nome.

Eles se olham sem se ver. Para sempre.

ELE

É o meu nome. Sim.

[Estamos apenas aqui de novo. E ficaremos ali para sempre.] O seu nome é Nevers. Ne-vers-na-Fran-ça.

FIM

APÊNDICES.

AS EVIDÊNCIAS NOTURNAS
(Notas sobre Nevers)[1]

SOBRE A IMAGEM DA MORTE DO ALEMÃO

São os dois, igualmente, atormentados por este evento: a morte dele.

Não há raiva nem da parte de um, nem da parte do outro. Só o que há é a nostalgia mortal de seu amor.

Mesma dor. Mesmo sangue. Mesmas lágrimas.

O absurdo da guerra, desnudado, plana sobre seus corpos indistintos.

Seria possível acreditar que ela está morta, de tal modo ela está morrendo com a morte dele.

Ele tenta lhe acariciar o quadril, como fazia com ela durante o amor. Não consegue mais.

---

[1]_ Sem ordem cronológica. "Faça como se comentasse as imagens de um filme pronto", me disse Resnais.

Diríamos que ela o ajuda a morrer. Ela não pensa em si mesma mas somente nele. E que ele a consola, quase que se desculpa por ter que fazê-la sofrer, por ter que morrer.

Quando ela está sozinha, nesse exato lugar onde estavam há pouco, a dor ainda não ocupou um lugar em sua vida. Ela está simplesmente numa perplexidade indizível por se encontrar só.

SOBRE A IMAGEM DO JARDIM DE ONDE ATIRARAM NO ALEMÃO

Atiraram desse jardim como teriam atirado de um outro jardim de Nevers. De todos os outros jardins de Nevers. Só o acaso fez com que fosse deste.

Esse jardim está, daqui em diante, marcado com o signo da banalidade da sua morte.

Sua cor e sua forma são, daqui em diante, fatídicas. Foi dali que sua morte partiu, eternamente.

UM SOLDADO ALEMÃO ATRAVESSA UMA PRAÇA DE PROVÍNCIA DURANTE A GUERRA

Em algum lugar na França, por volta do fim da tarde, certo dia, um soldado alemão atravessa uma praça de província.

Até mesmo a guerra é cotidiana.

O soldado alemão atravessa a praça como um alvo tranquilo.

Estamos no auge da guerra, no momento em que nos desesperamos com seu resultado. As pessoas não tomam mais cuidado com os inimigos. O hábito da guerra se instalou. A praça do Champ de Mars reflete uma desesperança tranquila. O soldado alemão também pode senti-la. Não falamos o suficiente do tédio da guerra. Nesse tédio, mulheres por trás de venezianas fechadas observam o inimigo que caminha pela praça. Aqui, a aventura se limita ao patriotismo. A outra aventura deve ser estrangulada. Observam, no entanto. Nada a fazer contra o olhar.

SOBRE AS IMAGENS DOS ENCONTROS ENTRE RIVA E O SOLDADO ALEMÃO

Nós nos beijamos atrás das muralhas. A morte na alma, sem dúvida, mas numa felicidade impossível de reprimir eu beijei meu inimigo.

As muralhas estavam sempre desertas durante a guerra. Franceses foram fuzilados ali durante a guerra. E depois da guerra, alemães.

Descobri suas mãos quando elas tocavam as barreiras para abri-las diante de mim. Suas mãos me deram muito rapidamente o desejo de puni-las. Mordo suas mãos depois do amor.

Foi nesses muros da cidade que me tornei sua mulher.

Não posso mais me lembrar da porta do fundo do jardim. Ele me esperava ali, horas, às vezes. Sobretudo à noite. A cada vez que um instante de liberdade me era dado. Ele tinha medo.
Eu tinha medo.

Quando era preciso atravessar a cidade juntos, eu caminhava diante dele, no medo. As pessoas baixavam os olhos. Nós acreditamos em sua indiferença. Começamos a ficar imprudentes.

Eu lhe pedia que atravessasse a praça, atrás do portão de... a fim de que pudesse vê-lo uma vez durante o dia. Ele passava então todos os dias diante daquele portão, os olhos baixos, ele se deixava olhar por mim.

Nas ruínas, no inverno, o vento gira sobre si mesmo. O frio. Seus lábios estavam frios.

UMA NEVERS IMAGINÁRIA

Então, Nevers se fechou sobre si mesma. Cresceu como se cresce. Eu não sabia nada das outras cidades. Precisava de uma cidade do tamanho do próprio amor. Encontrei-a na própria Nevers.

Dizer de Nevers que se trata de uma cidade pequena é um erro do coração e do espírito. Nevers foi imensa para mim.
O trigo está em suas portas. A floresta está em suas janelas. À noite, as corujas chegam até os jardins. Também é preciso evitar, ali, o medo.

O amor é supervisionado ali como em nenhum outro lugar.

As pessoas sós aguardam a morte, ali. Nenhuma outra aventura além dessa poderá fazer desviar sua espera.

O amor é imperdoável, ali. O erro, em Nevers, é de amor. O crime, em Nevers, é a felicidade. O tédio é uma virtude tolerada ali.

Loucos circulam em seus subúrbios. Boêmios. Cachorros. E o amor.

Falar mal de Nevers seria igualmente um erro do espírito e do coração.

SOBRE AS IMAGENS DA BOLA DE GUDE PERDIDA PELAS CRIANÇAS

Voltei a gritar. E naquele dia ouvi um grito. A última vez que me puseram na cave. Ela chegou até mim (a bola) bem devagar, como um acontecimento.

No interior fluíam rios coloridos, muito vivos. O verão estava no interior da bola. Com o verão, também ela sentia calor.

Eu já sabia que não devíamos mais comer as coisas, comer qualquer coisa, nem as paredes, nem o sangue de suas mãos nem as paredes. Olhei-a com gentileza. Coloquei na boca, mas sem morder.

Tanta redondeza, tanta perfeição criava um problema insolúvel.

Talvez eu vá quebrá-la. Jogo-a, mas ela quica e volta à minha mão. Recomeço. Ela não volta. Perde-se.

Quando ela se perde, recomeça algo que reconheço. O medo volta. Uma bola não tem como morrer. Eu me lembro. Procuro. Encontro-a.

Gritos das crianças. A bola de gude está em minha mão. Gritos. Bola. Ela é das crianças. Não. Eles não vão tê-la mais. Abro a mão. Ela está ali, cativa. Entrego às crianças.

UM SOLDADO ALEMÃO ACABA DE FAZER UM CURATIVO NA MÃO NA FARMÁCIA DO PAI DE RIVA

[Nesse alto verão eu usava suéteres pretos. Os verões são frios em Nevers. Verões da guerra. Meu pai fica entediado. As prateleiras estão vazias. Obedeço ao meu pai como uma criança. Sua mão queimada, fito-a. *Eu o machuquei* ao fazer seu curativo. Pelo tempo de erguer os olhos, vejo seus olhos. São claros. Ele ri porque eu o machuco. Eu não rio.]

NOITE DE NEVERS DURANTE A GUERRA. O SOLDADO ALEMÃO OBSERVA DA PRAÇA A JANELA DE RIVA

[Meu pai bebe e se cala. Não sei nem mesmo se escuta a música que toco. As noites são mortais, mas eu ainda não sei disso antes dessa noite. O inimigo ergue a cabeça para mim e mal sorri. Tenho o sentimento de um crime. Fecho as venezianas como se diante de um espetáculo abominável.] Meu pai, em sua poltrona, está semiadormecido, como de hábito. Sobre a mesa ainda estão os nossos pratos e o vinho do meu pai. Atrás das persianas a praça bate como o mar, imensa. Ele tinha o ar de um náufrago. Vou até o meu pai e olho muito de perto, quase a tocá-lo. Ele dorme, por causa do vinho. Não reconheço muito bem meu pai.

NOITE DE NEVERS

Sozinha em meu quarto, à meia-noite. O mar da praça do Champ de Mars continua batendo atrás das minhas venezianas. Ele teve que passar mais esta noite. Não abri as venezianas.

O CASAMENTO DE NEVERS

Torno-me sua esposa ao crepúsculo, a felicidade e a vergonha. Quando estava consumado, a noite já tinha caído sobre nós. Não nos havíamos dado conta.

A vergonha desaparecera da minha vida. Tínhamos ficado felizes ao ver a noite. Eu sempre tivera medo da noite. Aquela era uma noite negra como jamais voltei a ver desde então. Minha pátria, minha cidade, meu pai bêbado se encontravam afogados nela. Com a ocupação alemã. No mesmo saco.

Noite negra da certeza. Nós observamos com atenção e depois com gravidade. Depois, uma a uma, as montanhas ganharam o horizonte.

OUTRA NOTA SOBRE O JARDIM DE ONDE ATIRARAM NO ALEMÃO

O amor serve para morrer mais comodamente para a vida.

Esse jardim poderia fazer acreditar em Deus. Esse homem, bêbado de liberdade, com sua carabina, esse desconhecido do final de julho de 1944, esse homem de Nevers, meu irmão, como ele poderia ter sabido?

SOBRE A FRASE: "E DEPOIS ELE MORREU"

A própria Riva não fala mais quando essa imagem aparece.

Dar um sinal exterior da sua dor seria degradar essa dor.

Ela acaba de descobri-lo, morrendo, no cais, sob o sol. É para nós que a imagem é insuportável. Não para Riva. Riva parou de falar conosco. Parou, simplesmente.

Ele ainda vive.

Riva, sobre ele, encontra-se no absoluto da dor. Ela está dentro da *loucura*.

Vê-la sorrir para ele nesse momento seria até lógico.

A dor tem seu caráter obsceno. Riva é obscena. Feito uma louca. Seu entendimento desapareceu.

Era seu primeiro amor. É sua primeira dor. Mal podemos olhar para Riva nesse estado. Nada podemos fazer por ela. Além de esperar. Esperar que a dor assuma nela uma forma reconhecível e decente.

Fresson morre. Ele está como que ligado ao chão. Foi levado violentamente pela morte. O sangue escorre dele como um rio e como o tempo. Como seu suor. Ele morre como um cavalo, com uma força insuspeita. Está muito ocupado com isso. Então, uma doçura vai intervir com a chegada dela e a certeza da inutilidade de lutar contra sua morte. Doçura dos olhos de Fresson. Ele sorriem um para o outro. Sim. *Veja, meu amor, até mesmo isto era possível para nós.* Triunfo fúnebre. Realização. Tenho certeza de não poder sobreviver a você, neste ponto em que te sorrio.

DEPOIS QUE O CORPO DO SOLDADO ALEMÃO FOI LEVADO NUM CAMINHÃO, RIVA FICA SOZINHA NO CAIS

O sol, nesse dia, estava glorioso. Mas como a cada dia, o crepúsculo, no entanto, chegou.

O que resta de Riva, sobre esse cais, reduz-se aos batimentos de seu coração. (Choveu por volta do fim da tarde. Choveu sobre Riva como choveu sobre a cidade. Depois a chuva parou. Depois Riva teve a cabeça raspada.

E permanece, sobre o cais, o local seco de Riva. Local queimado).

Sobre esse cais, diríamos que ela dorme. Mal podemos reconhecê-la. (Animais passam sobre suas mãos sujas de sangue).

Cachorro?

A DOR DE RIVA. SUA LOUCURA. A CAVE DE NEVERS

Riva não fala mais.

O verão continua impunemente. A França inteira está em festa. Tomada pela desordem e pela alegria.

Os rios também correm sempre impunemente. O Loire. Os olhos de Riva correm como o Loire, mas *ordenados pela dor*, nessa desordem.

A cave é pequena assim como poderia ser grande.

Riva grita assim como poderia se calar. Ela não sabe que grita.

É punida para que se dê conta de que está gritando. Como uma surda.

É preciso fazer com que ela escute quando grita.

Contaram-lhe isso depois. Ela rala as mãos como uma imbecil. Os pássaros, soltos nos cômodos fechados, aparam as asas e não sentem nada. Riva tira sangue dos dedos e em seguida bebe o seu sangue. Faz uma careta e recomeça. Ela aprendeu, um dia, sobre um cais, a gostar do sangue. Como um animal, uma vagabunda. É preciso olhar qualquer coisa. Ela não é cega. Olha. Não vê nada. Mas olha. Os pés das pessoas se deixam olhar.

As pessoas que passam fazem isso num universo necessário, o de vocês e o meu, numa duração que nos é familiar.

O olhar de Riva sobre os pés dessas pessoas (tão significativos quanto seus rostos) se passa num universo orgânico, desertado pela razão. Ela olha um mundo de pés.

O PAI DE RIVA

O pai está cansado pela guerra. Não é mau. Está embrutecido pelo que lhe acontece e que ele não deseja. Está vestido de preto.

A MÃE DE RIVA

A mãe está viva. É bem mais jovem do que o pai. O que ela ama mais no mundo é sua filha. Quando Riva grita, ela enlouquece por ela. A mãe tem medo de que façam mais mal à sua filha. Segura a casa inteira em suas mãos. É forte. Não quer que Riva morra. É, com sua filha, de uma ternura brutal. Mas de uma ternura sem limites. Ao contrário do pai, ela não se desespera por Riva.

Eles a levam para a cave como se ela tivesse dez anos. Estão de preto. Riva, no meio dos dois, usa roupas claras. Camisola de renda, de menina muito nova, feita pela mãe, por uma mãe que sempre se esquece que sua filha está crescendo.

NA CAVE EM NEVERS E EM SEU QUARTO DE MENINA

Riva está num canto da cave, toda branca. Ali, como em outra parte, sempre. Sempre uns olhos de Loire. Os do cais. Inocentada. Infância aterrorizante.

É à noite que sua razão regressa. Que ela se lembra de que é a mulher de um homem. O desejo também a tomou violentamente. O fato de ele estar morto não impede que ela o deseje. Ela não pode mais de tanto anseio por ele, morto. Corpo esvaziado, ofegante. Sua boca está úmida. Ela tem a pose de uma mulher que sente desejo, impudica até a vulgaridade. Mais impudica que em qualquer outro lugar. Repugnante. Ela deseja um morto.

RIVA TOCA OS OBJETOS DE SEU QUARTO.
"LEMBRO-ME DE JÁ TER VISTO..."

Qualquer coisa pode ser vista por Riva nesse estado. Todo um conjunto de objetos ou os mesmos separadamente. Pouco importa. Tudo será visto *por* ela.

RIVA LAMBE O SALITRE DA CAVE

Na falta de outra coisa, o salitre se come. Sal de pedra. Riva come as paredes . Também as beija. Está num universo de paredes. A lembrança de um homem está nessas paredes, integrada à pedra, ao ar, à terra.

UM GATO ENTRA NA CAVE DE NEVERS

O gato, sempre previsível, entra na cave. Espera tudo. Riva se esqueceu da existência dos gatos.
Os gatos são completamente domesticados. Sua conduta é de gentileza. Seus olhos não são domesticados. Os olhos do gato e os olhos de Riva se parecem e se olham. Esvaziados. Quase impossível sustentar o olhar de um gato. Riva consegue. Ela entra pouco a pouco no olhar do gato. O que há, na cave, é um único olhar, o do gato-Riva.

A eternidade escapa a toda qualificação. Não é bela nem feia. Pode ser um seixo, o ângulo brilhante de um objeto? *O olhar do gato*? *Tudo* ao mesmo tempo. O gato que dorme. Riva que dorme. O gato acordado. O interior do olhar do gato ou o interior do olhar de Riva? Pupilas circulares em que nada se fixa. Imensas, essas pupilas. Circos vazios. Onde bate o tempo.

A PRAÇA DE NEVERS VISTA POR RIVA

A praça continua. Aonde vão essas pessoas? Estão de posse de sua razão. As rodas das bicicletas parecem sóis. O que se move é mais fácil de olhar do que o que não se move. Rodas de bicicleta. Os pés. Tudo se move no lugar.

Às vezes é o mar. O mar, até com bastante regularidade. Mais tarde ela saberá que é a aurora aquilo que toma pelo mar. Tudo isso lhe dá sono, a aurora, o mar.

RIVA, DEITADA, AS MÃOS NOS CABELOS

Como ela não está morta, seus cabelos voltam a crescer. Teimosia da vida. À noite, de dia, seus cabelos crescem. Debaixo do lenço, suavemente. Acaricio minha cabeça suavemente. É melhor tocá-la assim. Não incomoda os dedos.

A TOSA DE RIVA EM NEVERS

Eles a tosam.
Fazem isso quase que distraídos. Era preciso tosá-la. Vamos fazer isso. Mas temos outra coisa a fazer em outro lugar. Ainda assim, cumprimos com nosso dever. O local é percorrido pelo vento quente que chega da praça. No entanto, ali está mais fresco do que em outra parte.

A moça que está sendo tosada é a filha do farmacêutico. Ela quase que estende a cabeça na direção da tesoura. Quase como se ajudasse a operação, como num automatismo adquirido, *já*. Faz bem à cabeça ser tosada, deixa-a mais leve. (Ela está cheia de cabelos que caem sobre o seu corpo).

Tosam alguém em algum lugar da França. Aqui, é a filha do farmacêutico. *A Marselhesa* chega com o vento da noite até a galeria e encoraja o exercício de uma justiça precipitada e imbecil. Eles não têm tempo de ser inteligentes. A galeria é um teatro onde nada se apresenta. Nada. Teria sido possível apresentar alguma coisa, mas a encenação não aconteceu.

Uma vez tosada, a moça continua esperando. Está à disposição deles. O mal foi feito na cidade. Isso faz bem. Dá fome. É preciso que essa moça vá embora. É feio, é talvez repugnante. Como ela tem o ar de querer ficar neste lugar, é preciso mandá-la embora. Mandam-na embora como um rato. Mas ela não pode subir a escada muito depressa, tão depressa quanto gostaria. Seria de se imaginar que ela tem diante de si um tempo enorme. Seria de se imaginar que ela aguarda *alguma outra coisa* que ainda não aconteceu. Que ela está quase decepcionada de ter que continuar se movendo, fazer as pernas avançarem, deslocar-se. Ela acha que a rampa foi feita para ajudar a fazer isso.

À MEIA-NOITE RIVA VOLTA PARA CASA, TOSADA

Riva observa sua mãe se aproximar dela. "E dizer que você me colocou no mundo" é o que está subentendido em seu olhar. O que o expressaria melhor é: "O que isso quer dizer?".

Riva franze talvez um pouco as sobrancelhas e interroga o céu, sua mãe. Está no limite *exato* de suas forças. Quando sua mãe se aproxima dela, terá ultrapassado suas forças e cairá nos braços da mãe como se desmaiasse. Mas seus olhos permanecerão abertos.

O que se passa nesse momento entre Riva e sua mãe é unicamente físico. A mãe tomará Riva nos braços com habilidade. Conhece o peso de sua filha. Riva irá se colocar no lugar do corpo de sua mãe onde desde a infância tem o hábito de aguardar que passem as tristezas.

Riva tem frio. Sua mãe vai esfregar seus braços e suas costas. Beijará a cabeça raspada de sua filha *sem se dar conta*. Sem nada de patético, nada. Sua filha vive. É uma felicidade relativa. Ela a leva para casa. Arranca-a, literalmente; é preciso arrancá-la dessa árvore. *Riva tem, então, o peso que terá quando estiver morta.*

RETRATO DE RIVA. REGRESSO DE SUA RAZÃO

Ela anda em círculos. Passou-se algum tempo.
Sua loucura está agora agitada. Ela precisa se mexer. Anda em círculos. O círculo se fecha mas vai estourar. É o último momento.

O rosto de Riva está como que engessado. *Esse rosto não serve há meses.* Os lábios ficaram finos. O olhar pode emagrecer. O corpo, nada mais significar. O corpo de Riva, quando ela se vira, só serve para sustentar sua cabeça. Ela ainda o chama, mas devagar e a intervalos muito longos. Lembrança da lembrança. O corpo está sujo, *desabitado*. Ela vai estar livre, será assim. O círculo vai estourar. Ela destrói uma ordem imaginária, vira os objetos; olha-os pelo outro lado.

LOUCURA DE RIVA

Quando ela olha para os ângulos baixos do quarto e reconhece alguma coisa, seus lábios tremem. Ela sorri ou chora? Mesma coisa. Ela escuta. Diríamos que prepara um golpe sujo. Mas não. Ela escuta somente os sinos de Saint-Étienne. Consumação completa da dor. Ela escuta o barulho da cidade. Depois se vira outra vez sobre si mesma. De repente se alonga. *A razão que lhe regressa assusta.* Afasta com os pés, o quê? Sombras.

RIVA CHEGA AO CAIS DO LOIRE, AO MEIO-DIA

Riva chega ao alto da escada do cais como uma flor. Saia arredondada e curta. Nascimento das coxas e dos seios.

SAÍDA DE RIVA, AO RAIAR DO DIA, SOBRE OS EMBARCADOUROS DO LOIRE

Deixam-me sair. Estou muito cansada. Jovem demais para sofrer, dizem. O tempo está ameno, dizem. Já faz oito meses, dizem. Meus cabelos estão compridos. Não passa ninguém. Não tenho mais medo. Pronto. Não sei para que me apronto... Minha mãe observa minha saúde com esse fim. Eu observo minha saúde. É preciso não olhar por muito tempo o Loire, dizem. Eu vou olhar.

Passa gente pela ponte. A banalidade é às vezes impressionante. É a paz, dizem. São essas pessoas que me tosaram. Ninguém me tosou. É o Loire que se *apossa* dos meus olhos. Olho para ele e não consigo mais retirá-los da água. Não penso em nada, em nada. Que ordem.

RIVA CHEGA A PARIS, DE NOITE

Que ordem. Preciso partir. Parto. Numa ordem que regressou. Nada mais pode acontecer comigo além de existir. De acordo.

A noite é boa. Deixo o Loire. O Loire ainda está no fim de todos os caminhos. Paciência. O Loire desaparecerá da minha vida.

NEVERS
(*Para memória*)

RIVA CONTA ELA MESMA SUA VIDA EM NEVERS

Às sete horas da noite, os sinos da Catedral Saint-Lazare tocavam. A farmácia fechava.

Criada na guerra, eu não atentava verdadeiramente para ela apesar do meu pai, que toda noite me falava a respeito. Eu ajudava meu pai na farmácia. Preparava as fórmulas. Acabava de terminar meus estudos. Minha mãe[2] vivia num departamento do Sul. Eu a reencontrava várias vezes por ano, nas férias.

Às sete horas da noite, tanto no verão quanto no inverno, na noite escura da ocupação ou nos dias ensolarados de junho, a farmácia fechava. Era sempre cedo demais para mim. Subíamos para os aposentos do primeiro andar. Todos os filmes eram alemães, ou quase. O cinema me era proibido. O Champ de Mars, sob as janelas do meu quarto, à noite, se ampliava ainda mais.

A prefeitura estava sem bandeira. Era preciso que eu me lembrasse da minha primeira infância para recordar os postes de luz acesos.

2_ A mãe de Riva ou era judia [ou separada do marido].

A linha de demarcação foi cruzada.

O inimigo chegou. Homens alemães atravessavam a praça do Champ de Mars cantando, em horas fixas. Às vezes, um deles vinha à farmácia.

O toque de recolher também chegou.

Depois Stalingrado.

Ao longo das muralhas, homens foram fuzilados.

Outros homens foram deportados. Outros fugiram para se juntar à Resistência. Alguns ficaram ali, em meio ao temor e à riqueza. O mercado paralelo funcionava a pleno vapor. As crianças do subúrbio operário de St-... passavam fome, enquanto no "Grand Cerf" comia-se patê de *foie gras*.

Meu pai doava remédios às crianças de St... Eu os levava duas vezes por semana, quando ia ter aula de piano, depois que a farmácia fechava. Às vezes voltava para casa mais tarde. Meu pai me espiava por trás das venezianas. Às vezes, à noite, meu pai pedia que tocasse piano.

Depois que eu tocava, meu pai ficava silencioso, seu desespero se afirmava mais uma vez. Ele pensava em minha mãe.

Depois que eu tocava, à noite, assim, com o temor do inimigo, minha juventude me saltava à garganta. Eu não dizia nada ao meu pai. Ele me dizia que eu era seu único consolo.

Os únicos homens da cidade eram alemães. Eu tinha dezessete anos.

A guerra era interminável. Minha juventude era interminável. Eu não conseguia sair nem da guerra, nem da minha juventude.

As regras morais de ordem diversa já agitavam meu espírito.

Domingo era para mim um dia de festa. Eu atravessava depressa a cidade inteira de bicicleta para ir a Ezy comprar a manteiga necessária ao meu crescimento. Ladeava o Nièvre. Às vezes parava debaixo de uma árvore e me sentia impaciente com a demora da guerra. Contudo, eu crescia a despeito dos ocupantes. A despeito dessa guerra. Sempre me dava muito prazer ver o rio.

Um dia, um soldado alemão veio à farmácia fazer um curativo em sua mão queimada. Estávamos os dois sozinhos na farmácia. Fiz o curativo em sua mão como me haviam ensinado, com ódio. O inimigo agradeceu.

Voltou. Meu pai estava e pediu que eu me ocupasse dele.

Fiz mais uma vez o curativo em sua mão, na presença do meu pai. Não erguia os olhos para ele, como me haviam ensinado.

Contudo, no fim desse dia, um cansaço particular me veio da guerra. Disse-o ao meu pai. Ele não me respondeu.

Toquei piano. Depois apagamos as luzes. Ele pediu que fechasse as venezianas.

Na praça, um jovem alemão com um curativo na mão estava apoiado numa árvore. Eu o reconheci na escuridão graças à mancha branca que era sua mão na penumbra. Foi meu pai quem fechou a janela. Eu soube que um homem me havia escutado tocar piano pela primeira vez na vida.

Esse homem voltou no dia seguinte. Então, vi seu rosto. Como continuar me impedindo? Meu pai veio em nossa direção. Ele me afastou e avisou a esse inimigo que sua mão já não necessitava de cuidado algum.

À noite, nesse mesmo dia, meu pai me pediu expressamente que não tocasse piano. Tomou muito mais vinho do que o habitual, à mesa. Obedeci ao meu pai. Achei que ele estava um pouco louco. Achei que estava bêbado ou louco.

Meu pai amava minha mãe apaixonadamente, loucamente. Ainda a amava. Sofria muito por causa de sua separação. Desde que ela fora embora, meu pai tinha começado a beber.

Às vezes, ele ia revê-la e me confiava a farmácia.

Partiu no dia seguinte, sem voltar a me falar da cena da véspera.

O dia seguinte era um domingo. Chovia. Eu ia à fazenda de Ezy. Parei, como de hábito, debaixo de um álamo, junto ao rio.

O inimigo chegou pouco depois de mim sob esse mesmo álamo. Também estava de bicicleta. Sua mão estava curada.

Ele não ia embora. A chuva caía, pesada. Depois o sol saiu, dentro da chuva. Ele parou de me olhar, sorriu e me pediu que observasse como às vezes o sol e a chuva podiam aparecer juntos, no verão.

Eu não disse nada. Mas ainda assim fiquei olhando para a chuva.

Ele me disse então que tinha me seguido até ali. Que não iria embora.

Eu fui embora. Ele me seguiu.

Durante um mês, ele me seguiu. Eu não parei mais junto ao rio. Nunca mais. Mas ele estava parado ali todos os domingos. Como ignorar que ele estava ali para mim.

Não disse nada ao meu pai.

Comecei a sonhar com um inimigo, noite e dia.

E nos meus sonhos a imoralidade e a moral se confundiam de tal maneira que logo uma já não era discernível da outra. Fiz vinte anos.

Um dia, no subúrbio St-..., enquanto eu dobrava uma esquina, alguém me segurou pelos ombros. Eu não o tinha visto chegar. Era de noite, oito e meia da noite, em julho. Era o inimigo.

Nós nos encontramos nos bosques. Nas granjas. Nas ruínas. E depois em quartos.

Um dia, uma carta anônima chegou ao meu pai. Começava a retirada. Estávamos em julho de 1944. Neguei tudo.

Foi ainda debaixo dos álamos que bordejam o rio que ele anunciou sua partida. Ia embora na manhã seguinte, para Paris, de caminhão. Estava feliz porque era o fim da guerra. Falou-me da Baviera, onde eu devia ir encontrá-lo. Onde nós devíamos nos casar.

Já se ouviam tiros na cidade. As pessoas arrancavam as cortinas negras. Os rádios ficavam ligados noite e dia. A oitenta quilômetros dali, já havia comboios alemães jazendo nas ravinas.

Eu considerava esse inimigo uma exceção entre todos os outros.

Era o meu primeiro amor.

Eu não conseguia mais entrever a menor diferença entre seu corpo e o meu. Nada conseguia ver entre o seu corpo e o meu além de uma semelhança gritante.

Seu corpo tinha se tornado o meu, eu não conseguia mais discerni-los. Tinha me tornado a negação viva da razão. E todas as razões que teriam podido se opor a essa falta de razão eu as afastaria, e como, como castelos de cartas, e como, justamente, razões puramente imaginárias. Que aqueles que jamais experimentaram estar assim despossuídos de si mesmos atirem a primeira pedra. Eu não tinha mais pátria além do próprio amor.

Deixei um bilhete para o meu pai. Dizia-lhe que a carta anônima estava correta: que eu amava um soldado alemão fazia seis meses. Que eu queria ir com ele para a Alemanha.

A Resistência já topava com o inimigo, em Nevers. Não havia mais polícia. Minha mãe regressou.

Ele partia no dia seguinte. Estava combinado que ia me levar em seu caminhão, debaixo de lonas de camuflagem. Imaginávamos que nunca mais poderíamos nos deixar.

Fomos mais uma vez ao hotel. Ele partiu com a aurora para o seu acantonamento, na direção de Saint-Lazare.

Devíamos nos encontrar ao meio-dia, no cais do Loire. Quando cheguei, ao meio-dia, no cais do Loire, ele ainda não estava completamente morto. Tinham atirado de um jardim do cais.

Fiquei deitada sobre seu corpo todo o dia e toda a noite seguinte.

Pela manhã, vieram buscá-lo e o colocaram num caminhão. Foi durante essa noite que a cidade foi liberada. Os sinos de Saint-Lazare encheram a cidade. Eu acho, sim, que escutei isso.

Colocaram-me num depósito do Champ de Mars. Ali, alguns disseram que era preciso tosar meu cabelo. Para mim, tanto fazia. O barulho da tesoura sobre a cabeça me deixou numa indiferença completa. Quando acabou, um homem de seus trinta anos de idade me levou pelas ruas. Eram seis ao meu redor. Cantavam. Eu não sentia nada.

Meu pai, por trás das venezianas, deve ter me visto. A farmácia estava fechada por causa da desonra.

Levaram-me de volta ao depósito do Champ de Mars. Perguntaram-me o que eu queria fazer. Eu disse que tanto fazia. Então me aconselharam a voltar para casa.

Era meia-noite. Escalei o muro do jardim. O tempo estava bom. Eu me deitei para morrer sobre o gramado. Mas não morri. Senti frio.

Chamei pela mamãe durante muito tempo... Por volta das duas horas da manhã, a luz se acendeu por trás das venezianas.

Fizeram-me passar por morta. E eu vivi na cave da farmácia. Podia ver os pés das pessoas e, à noite, a extensa curva da praça do Champ de Mars.

Enlouqueci. De maldade. Cuspia, ao que parece, no rosto da minha mãe. Tenho poucas recordações desse período durante o qual meu cabelo voltou a crescer. Exceto que cuspia no rosto da minha mãe.

Depois, pouco a pouco, notei a diferença entre o dia e a noite. Que a sombra ganhava o ângulo das paredes da cave por volta das quatro e meia e que o inverno, uma vez, acabou.

Tarde da noite, às vezes, permitiam que eu saísse encapuzada. E sozinha. De bicicleta.

Meu cabelo levou um ano para crescer. Ainda penso que se as pessoas que me tosaram tivessem se lembrado do tempo necessário para que o cabelo volte a crescer teriam hesitado antes de me tosar. É por falta de imaginação dos homens que fui desonrada.

Um dia, minha mãe veio me alimentar, como fazia de hábito. Avisou-me que tinha chegado para mim o momento de ir embora. Ela me deu dinheiro.

Parti rumo a Paris de bicicleta. O caminho era longo, mas fazia calor. Verão. Quando cheguei a Paris, pela manhã, dois dias depois, o nome Hiroshima estava em todos os jornais. Era uma notícia sensacional. Meu cabelo tinha chegado a um comprimento decente. Ninguém foi tosado.

RETRATO DO JAPONÊS

É um homem de seus quarenta anos. É grande. Tem um rosto bastante "ocidentalizado".

A escolha de um ator japonês com tipo ocidental deve ser interpretada da seguinte maneira:

Um ator japonês com tipo japonês muito acentuado correria o risco de fazer crer que é sobretudo pelo fato de o herói ser japonês que a francesa se sente seduzida por ele. Então, cairíamos, mesmo contra a nossa vontade, na armadilha do exotismo e no racismo involuntário necessariamente inerente a todo exotismo.

É preciso que o espectador não diga: "Como os japoneses são sedutores!", mas que digam: "Como *esse homem* é sedutor!".

É por isso que é melhor atenuar a diferença de tipo entre os dois heróis. Se o espectador jamais esquecer que se trata de um japonês e de uma francesa, o profundo escopo do filme não existirá mais. Se o espectador esquecê-lo, esse escopo profundo é alcançado.

Monsieur Butterfly não funciona mais. Assim como Mademoiselle de Paris. É preciso nos basearmos na função igualitária do mundo moderno. E até mesmo trapacear para explicá-lo. Sem isso, que interesse haveria em fazer um filme franco-japonês? É preciso que esse filme *franco-japonês* não pareça *jamais franco-japonês*, mas sim *anti-franco-japonês*. Essa seria uma vitória.

De perfil, ele quase poderia ser francês. Testa alta. Boca grande. Lábios pronunciados mas *duros*. Nenhum sentimentalismo no rosto. Nenhum ângulo sob o qual aparentaria uma imprecisão (uma indecisão) dos traços.

Em suma, é um tipo "internacional". É preciso que sua sedução seja imediatamente reconhecível por todo mundo como a dos homens que chegaram à maturidade sem um cansaço prematuro, sem subterfúgios.

Ele é engenheiro. Faz política. Não é por acaso. As técnicas são internacionais. O jogo das coordenadas políticas também. Esse homem é um homem moderno, quanto ao essencial. Não se sentiria profundamente deslocado em nenhum país do mundo.

Coincide com sua idade, fisicamente e moralmente.

Não "trapaceou" com a vida. Não teve que fazê-lo: é um homem a quem a existência sempre interessou, e sempre interessou o suficiente para que ele não arraste atrás de si um sofrimento da adolescência que faz, com tanta frequência, com que os homens de quarenta anos sejam falsos jovens ainda em busca do que poderiam encontrar para fazer a fim de *parecer* seguros de si. Ele, se não se sente seguro de si, é por boas razões.

Não há nele uma real vaidade, mas também não é descuidado. *Não é mulherengo.* Tem uma mulher que ama, dois filhos. Ama, contudo, as mulheres. Mas jamais fez uma carreira de "homem das mulheres". Acredita que esse tipo de carreira é uma carreira "suplente", desprezível e, além disso, suspeita. Que aquele que jamais conheceu o amor de uma única mulher passou ao largo do amor e mesmo da virilidade.

É por isso mesmo que vive com essa jovem francesa uma aventura verdadeira, mesmo se ocasional. É por não acreditar na virtude dos amores ocasionais que vive com a francesa um amor ocasional com essa sinceridade, essa violência.

RETRATO DA FRANCESA

Ela tem 32 anos.

É mais sedutora do que bela.

Seria possível chamá-la também, de certa maneira, de "The Look". Tudo nela, das palavras ao movimento, "passa pelo olhar".

Esse olhar não tem consciência de si mesmo. Essa mulher olha de forma independente. Seu olhar não valida seu comportamento, ultrapassa-o *sempre*.

No amor, sem dúvida, todas as mulheres têm olhos bonitos. Mas esta mulher, o amor a atira na desordem da alma (escolha voluntariamente stendhaliana do termo) um pouco antes do que as outras mulheres. Porque ela é, mais do que as outras mulheres, "apaixonada pelo próprio amor".

Ela sabe que não se morre de amor. Teve, ao longo da vida, uma ocasião esplêndida para morrer de amor. Não morreu em Nevers. Desde então, e até esse dia, em Hiroshima, quando encontra o japonês, arrasta em si, consigo, o "aperto no coração" de alguém que teve a *sursis* de uma oportunidade única de decidir seu destino.

Não é o fato de ter sido tosada e desonrada que marcou sua vida, é o fracasso em questão: ela não morreu de amor no dia 2 de agosto de 1944, nesse cais do Loire.

Isso não é contraditório com sua atitude em Hiroshima para com o japonês. Ao contrário, está em relação direta com sua atitude para com o japonês... O que ela conta ao japonês é essa oportunidade que, ao mesmo tempo que ela a perdeu, definiu-a.

O relato que ela faz dessa oportunidade perdida a transporta literalmente para fora de si mesma e a leva na direção desse homem novo.

Entregar-se de corpo e alma é isso.

Está aqui a equivalência não apenas de uma possessão amorosa, mas de um *casamento*.

Ela entrega a esse japonês – *a Hiroshima* – o que tem de mais caro no mundo, sua própria expressão, sua *sobrevivência* à morte do seu amor, *a Nevers*.

COCINOR présente
EMMANUÈLE RIVA
DANS
DEUX FOIS PRIMÉ AU FESTIVAL DE CANNES 1959
HIROSHIMA MON AMOUR
Réalisation d' ALAIN RESNAIS
Scénario et Dialogues de MARGUERITE DURAS
Musique de GEORGES DELERUE et GIOVANNI FUSCO
Producteur Délégué SAMY HALFON
Production PATHÉ OVERSEAS
ARGOS FILMS, COMO FILMS
DAIEI COMPAPANY
DISTRIBUTION
COCINOR

FICHA TÉCNICA •

Argos Films
Como Films
Daiei Motion Picture Company Ltd
&
Pathé Overseas Productions
APRESENTAM Emmanuelle Riva & Eiji Okada
EM
Hiroshima meu amor

DIREÇÃO Alain Resnais
ROTEIRO E DIÁLOGOS Marguerite Duras
COM Stella Dassas, Pierre Barbaud & Bernard Fresson
DIREÇÃO DE FOTOGRAFIA Sacha Vierny e Takahashi Michio
CINEGRAFISTAS Goupil Watanabe e Ioda
LUZ Ito
MÚSICA Georges Delerue e Giovanni Fusco
MONTAGEM Henri Colpi, Jasmine Chasney e Anne Sarraute

Cenário Esaka, Mayo e Petri

Script Sylvette Baudrot

Assistentes de direção T. Andrefouet, I. Shirai, J.-P. Léon, Itoi, R. Guyonnet e Hara

Assistentes de câmera J. Chibault, Y. Nogatomo, D. Clerval e N. Yamagutschi

Assistentes de produção R. Knabe e I. Ohashi

Continuístas R. Jumeau e Ikeda

Chefes maquiadores A. Marcus e R. Toioda

Cabeleireira Éliane Marcus

Figurinista Gérard Collery

Consultor literário Gérard Jarlot

Secretária de produção Nicole Seyler

Engenheiros de som P. Calvet, Yamamoto e R. Renault

Laboratório Éclair

Gravação Marignan e Simo

Diretores de produção Sacha Kamenka e Shirakawa Takeo

Produção executiva Samy Halfon

Visto ministerial nº 29.890

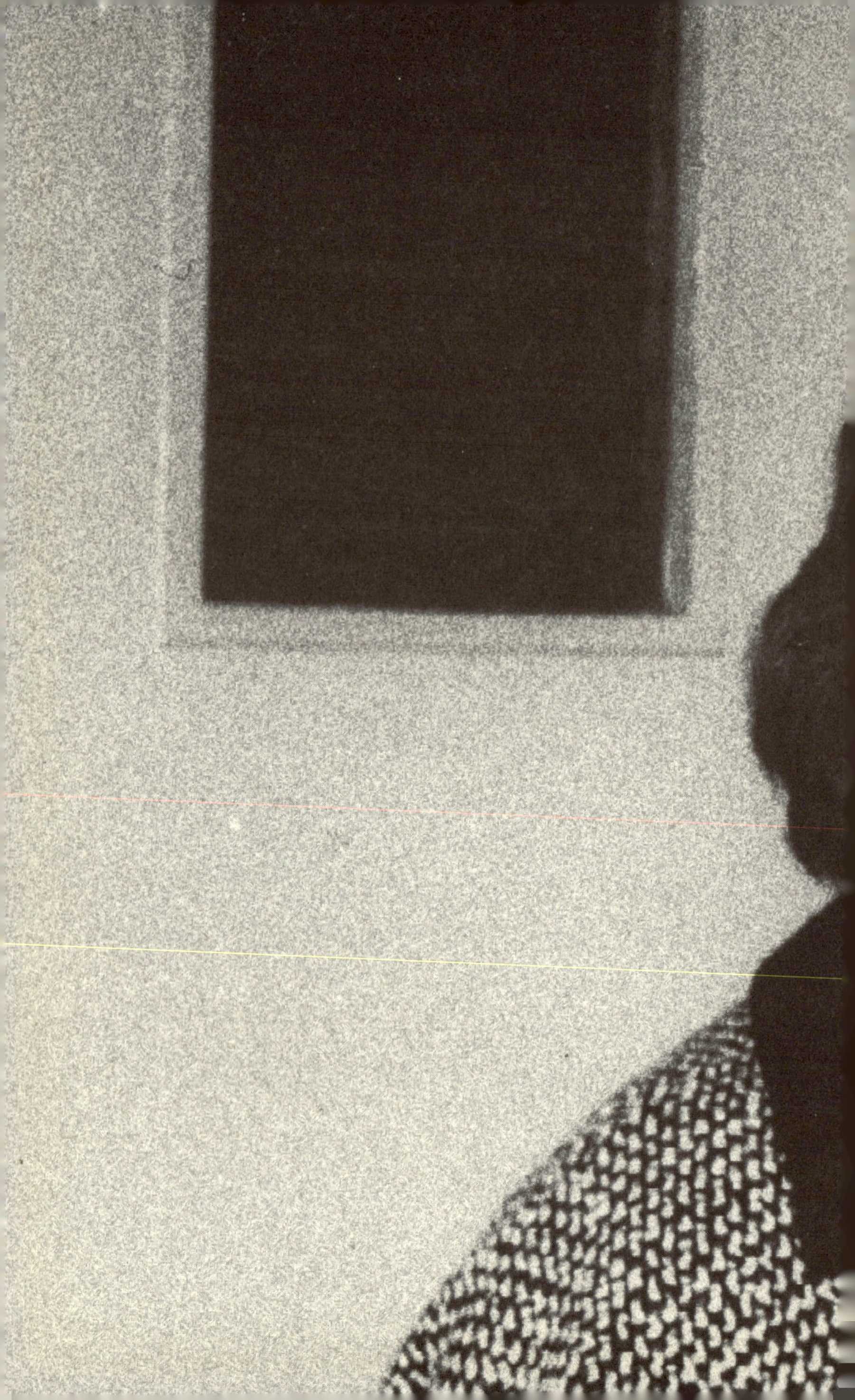

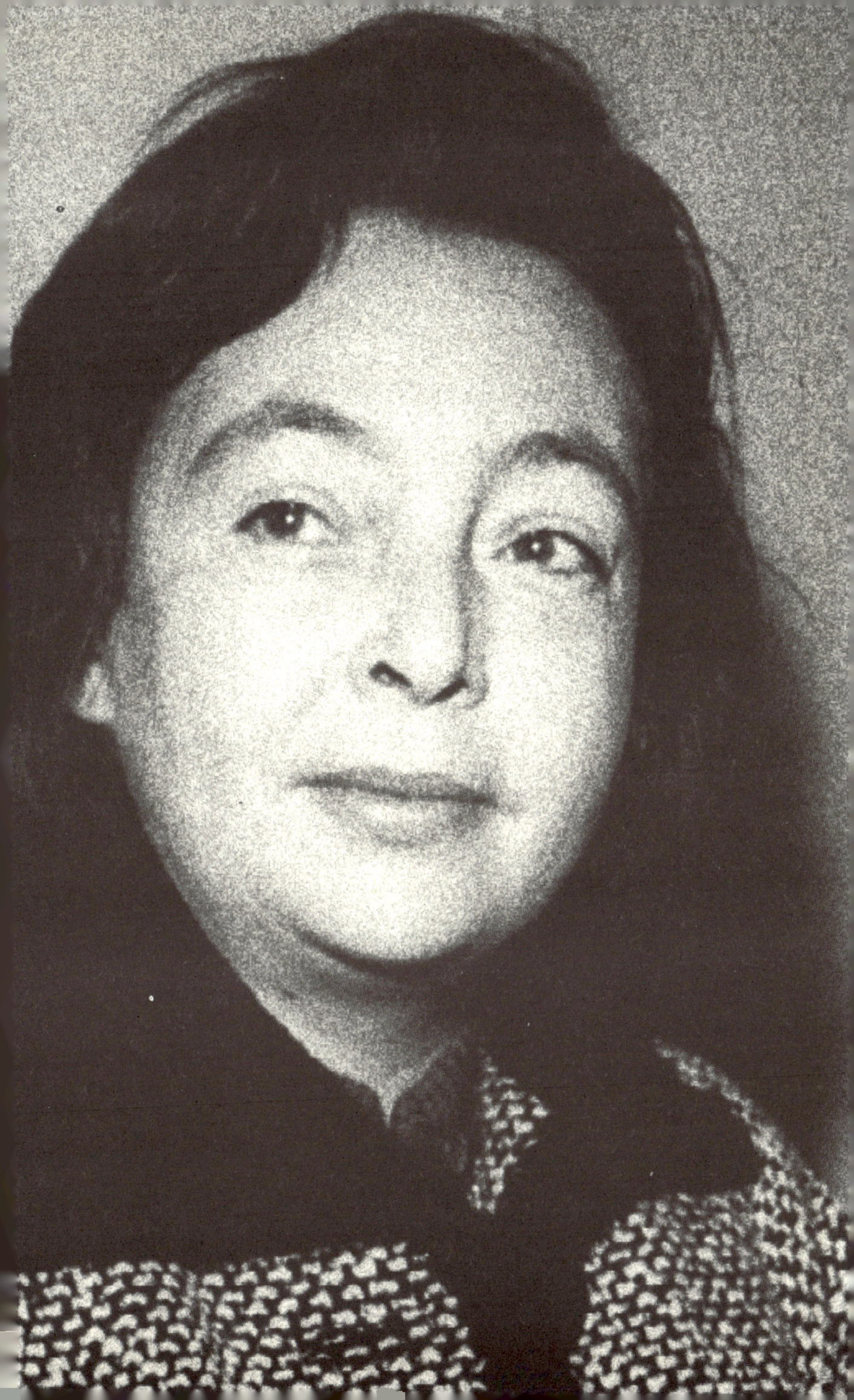

SOBRE A AUTORA●

Marguerite Duras, uma das escritoras mais consagradas do mundo francófono, nasceu em 1914 na Indochina – então colônia francesa, hoje Vietnã –, onde seus pais foram tentar a vida como instrutores escolares. A vida na antiga colônia, onde ela passou a infância e a adolescência, marcou profundamente sua memória e influenciou sua obra. Em 1932, aos 18 anos, mudou-se para Paris, onde fez seus estudos em Direito. Em 1943, publicou seu primeiro romance, *Les impudents*, iniciando então uma carreira polivalente, publicando romances, peças de teatro, crônicas no jornal *Libération*, roteiros, e realizando seu próprio cinema. Dentre suas mais de 50 obras estão os consagrados *Uma barragem contra o Pacífico*, *Moderato cantabile*, *O deslumbramento de Lol V. Stein* e *O amante* (seu best-seller que lhe rendeu o Prêmio Goncourt de 1984 e foi traduzido para dezenas de países). Em 1959, escreveu o roteiro do filme *Hiroshima mon amour*, que foi dirigido por Alain Resnais e alcançou grande sucesso. Nos anos 1970, dedicou-se exclusivamente ao cinema, suspendendo romances, mas publicando seus textos-filmes. *India song* e *Le camion* foram projetados no Festival de Cannes em 1975 e 1977, respectivamente. Morreu aos 81 anos em Paris, em 1996.

SOBRE A COLEÇÃO MARGUERITE DURAS.

A COLEÇÃO MARGUERITE DURAS oferece ao público brasileiro a obra de uma das escritoras mais fascinantes do seu século e uma das mais importantes da literatura francófona.

A intensa vida e obra da escritora, cineasta, dramaturga e cronista recobre o século XX, atravessando o confuso período em que emergem acontecimentos que a fizeram testemunha do seu tempo – desde os trágicos anos da Segunda Guerra até a queda do Muro de Berlim. Duras publica até o término de sua vida, em 1996. Os textos da escritora se tornaram objeto do olhar dos Estudos Literários, da Psicanálise, da História, da Filosofia e dos estudos cinematográficos e cênicos. Sabe-se, no entanto, que a escrita de Duras subverte categorias e gêneros, e não é por acaso que sua literatura suscitou o interesse dos maiores pensadores contemporâneos, tais como Jacques Lacan, Maurice Blanchot, Michel Foucault, Gilles Deleuze, entre outros.

Os títulos que integram a Coleção Marguerite Duras são representativos de sua obra e transitam por vários gêneros, passando pelo ensaio, roteiro, romance e o chamado texto-filme, proporcionando tanto aos leitores entusiastas quanto aos que se iniciam na literatura durassiana uma intrigante leitura. E mesmo que alguns livros também relevantes não estejam em nossa programação devido à indisponibilidade de direitos, a obra de Marguerite Duras é dignamente representada pela escolha cuidadosa junto aos editores franceses.

Nesta Coleção, a capa de cada livro traz um retrato da autora correspondente à época de sua publicação original, o que nos permitirá compor um álbum e vislumbrar como sua vida e obra se estenderam no tempo. Além disso, cada título é privilegiado com um prefácio escrito por experts da obra – pesquisadores e especialistas francófonos e brasileiros –, convidados que se dedicam a decifrar a poética durassiana. Obra que se inscreve na contemporaneidade, para parafrasear Giorgio Agamben, no que tange à sua relação com o próprio tempo. Marguerite Duras foi uma escritora capaz de tanto aderir ao seu tempo, como dele se distanciar, pois "contemporâneo é aquele que mantém fixo o olhar no seu tempo, para nele perceber não as luzes, mas o escuro", evocando aqui o filósofo. Assim viveu e escreveu Duras, tratando na sua literatura de temas jamais vistos a olho nu, nunca flutuando na superfície, mas se aprofundando na existência, deixando à deriva a falta, o vazio, o imponderável, o nebuloso e o imperceptível. Toda a obra de Marguerite Duras compartilha dessa poética do indizível e do incomensurável, dos fragmentos da memória e do esquecimento, das palavras que dividem com o vazio o espaço das páginas: traços da escrita durassiana com os quais o leitor tem um encontro marcado nesta coleção.

LUCIENE GUIMARÃES DE OLIVEIRA
Coordenadora da Coleção Marguerite Duras

COLEÇÃO
MARGUERITE
DURAS

© Relicário Edições, 2022
© Éditions Gallimard, 1960

Dados Internacionais de Catalogação na Publicação (CIP) de acordo com ISBD

D952h
Duras, Marguerite

Hiroshima meu amor / Marguerite Duras; traduzido por Adriana Lisboa. - Belo Horizonte: Relicário, 2022.
196 p.; 13cm x 19,5 cm.

Tradução de *Hiroshima mon amour*
ISBN: 978-65-89889-30-4

1. Literatura francesa. 2. Roteiro. 3. Cinema. I. Lisboa, Adriana. II. Título.

| 2022-489 | CDD 840 | CDU 821.133.1 |

Elaborado por Odilio Hilario Moreira Junior - CRB-8/9949

Coordenação editorial: Maíra Nassif
Assistência editorial: Thiago Landi
Coordenação da Coleção Marguerite Duras: Luciene Guimarães de Oliveira
Tradução: Adriana Lisboa
Revisão técnica: Luciene Guimarães de Oliveira
Preparação: Laura Torres
Capa, projeto gráfico e diagramação: Tamires Mazzo
Fotografia da capa: © René Saint-Paul/Bridgeman Images

Cet ouvrage a bénéficié du soutien des Programmes d'aides à la publication de l'Institut Français.

Este livro contou com o apoio à publicação do Institut Français.

RELICÁRIO EDIÇÕES
Rua Machado, 155, casa 1, Colégio Batista | Belo Horizonte, MG, 31110-080
contato@relicarioedicoes.com | www.relicarioedicoes.com

1ª edição [verão de 2022]

ESTA OBRA FOI COMPOSTA EM MINION PRO E
HEROIC CONDENSED E IMPRESSA SOBRE PAPEL
PÓLEN BOLD 90 G/M² PARA A RELICÁRIO EDIÇÕES.